エスター・ヒックス＋ウエイン・W・ダイアー
島津公美〔訳〕

エイブラハム
に聞いた
人生と幸福の真理

「引き寄せ」の本質に触れた
29の対話

Co-creating at Its Best

A Conversation Between
Master Teachers

ダイヤモンド社

CO-CREATING AT ITS BEST
by
Dr. Wayne W. Dyer and Esther Hicks

Original published in 2014 by Hay House Inc.

Japanese translation rights arranged with Hay House UK Ltd., London
through Tuttle-Mori Agency, Inc., Tokyo

あなたがたは現実に直面しているのではなく、
現実を作り出しているのだ。

——エイブラハム

エスター・ヒックスによるイントロダクション

私がちょっと不思議で素晴らしいエイブラハムの言葉を受け取るようになったのは、夫であるジェリー・ヒックスの強い気持ちがあったからこそだと、当初からわかっていました。

価値ある人間になりたい、人を助けたい、人として向上したい、そしてこの世のすべてがどんな仕組みで働いているのか、なぜ私たちがここにいるのかを知りたいというジェリーの望みがあったからこそ、私の中にエイブラハムの教えが入り込んできたのです。

ジェリーは、自分の人生を生きながら、いまだ答えの出ない疑問を積み重ねて、エイブラハムを文字通り「召喚」したのです。

こうして始まったエイブラハムとの対話での、ジェリーの疑問に対するエイブラハムの答えのほとんどは、何年もの間、まっすぐ降りてきていました。

やがてさらに多くの人が、もっとさまざまな疑問をエイブラハムに投げかけるようになると、エイブラハムの答えもどんどん広がり、メッセージの意味も深いものとなっていきました。

ですから、ヘイハウス社の社長兼CEOであるレイド・トレイシーから、エイブラハムとダイアー博士の対話というお話をいただいて、期待に心が躍りました。

というのも、ダイアー博士は自分の内面を理解するのにとてもためになる視点を模索することに専念してきた方であり、だからこそいまだ答えの出ないどんな疑問も、是非直接エイブラハムに尋ねてみてほしいと思ったのです。

きっと素晴らしい経験になると思っていましたが、そのとおりでした。

まさに、互いに協力して最高の「共同創造」を成し遂げることができたのです。

愛をこめて　エスター・ヒックス

ダイアー博士によるイントロダクション

私自身、エイブラハムの教えを実践してほぼ30年になります。

ですから、今日の地球で最先端の知恵だと思い続けてきたエイブラハムとの対話のお話をいただいた時には、「是非」と即答しました。

肉体を持たない意識の集合体、エイブラハムとのやり取りを読み直すたびに「カム・フライ・ウィズ・ミー」（訳注：フランク・シナトラのヒット曲）という曲が頭に浮かんできます。

本書はこれまで想像もしなかった高みへ飛躍するチャンスとなります。

ステージ上に座ってエスターに話しかけては返ってくる、エイブラハムの素晴らしい答えに聞き入りながら、私は自分が耳にしたことだけでなく、その夜の広いイベント会場に満ちた深遠なエネルギーにもすっかり心を奪われてしまいました。

私は、まるで菓子店で「どれでも好きなものをためしてごらん？」と言われて、目を大きく見開いている少年のような気持ちでした。

本書のエイブラハムの教えは、読者の皆さんに、刺激のある幸せに満ちた人生と、常に目標を持ち続けて人生を「共同創造」していく心の使い方を伝えることでしょう。

エイブラハムが私の質問に的確な答えとコメントをくれるたびに、私は少し立ち止まって、ソース（源）の一部である本来の自分と完全に調和した人生が送れるよう、そのシンプルな真実をじっくり考えることとなりました。

まだ博士課程の学生だった頃、『ザ・ストレンジスト・シークレット』（アール・ナイチンゲール著 林陽訳 徳間書店）という「知恵」の本に出会い、その中のわずか一文が、私の中に眠る意識の力を引き出すにはどうすればいいかを探り続けるきっかけとなりました。

それは、「あなたは自分が一日中考えている通りの自分になる」という言葉です。

この驚くべき真実には例外がないことを、その夜の対話の中でエイブラハムも私に思い出させてくれたのです。

私はこれまでたくさんの本を世に送り出す幸運に恵まれてきましたが、今回の対話でエイブラハムから与えられた知恵の詰まった本書を通して、かつてないほど重要で現実的な内容を皆さんにお届けできると思っています。

見えない世界（非物質世界）から賢明な教えなど本当に降りてくるのだろうかとお疑いの方には、次のようなマーク・トウェインの言葉を考えてみていただきたいと思います。

「知らないことが問題になるんじゃないんだ。
問題を起こすのは、知らないのに知っていると信じ込んでいる時だ」

——マーク・トウェイン

この対話を読みながら、大人になってからずっと実践してきた私の哲学「すべてに心を開き、こだわりを捨てる」を、さあ皆さんも実践してみましょう。
「引き寄せの法則」は、本書を読んでいる今、この瞬間にも働いています。
エイブラハムが私にこう言ったように。

「宇宙はあなたの言葉に反応するのではなく、あなたの感情に反応して働くのです」

I AM　ウエイン・W・ダイアー

エイブラハムに聞いた人生と幸福の真理／目次

エイブラハムに聞いた人生と幸福の真理

読者の皆さまへ

本書は2013年11月13日、カリフォルニア州アナハイムで行われたイベントに基づいていますが、本書では読みやすくするために一部編集を加えています。

エスター・ヒックスが受け取った見えない世界の概念には文字では完全に表現しきれないものもあり、単語を組み合わせたり、一般的な単語を新たな意味で使ったりなどしている部分があることをお断りしておきます。

対話の始まり

レイド・トレイシー　こんにちは。この素晴らしいイベントにようこそ。私はヘイハウス社の社長兼CEOのレイド・トレイシーです。この会場の様子はインターネットでも全世界に向けて流されており、ひょっとしたら観客の皆さんも画面に映り込むようなことがあるかもしれません。今回の対話は世界中の何千もの人々が皆さんとともに目にすることになっています。私はヘイハウス社に25年いますが、今日のイベントは私自身も待ちこがれていた、最もワクワクする番組です。

あの日、私はエスターに電話をかけて次のように言いました。

「とんでもない提案かもしれませんが、ダイアー博士とエイブラハムの二人で、ステージの上で対話をしてはどうでしょう」

すると、「素晴らしいわ」という返事がエスターから返ってきました。

「よかった。では、私からダイアー博士に連絡してみます」と私は答えました。

今日のイベントは、すごく刺激的なものになるはずですから、私の話はここまでにして、早速、ウエイン・W・ダイアー博士とエスター・ヒックスをお呼びしたいと思います。

エスター・ヒックス　ありがとうございます。皆さんおそろいですね。（レイドに向かって）これから何が起こるんでしょう？

ウエイン・W・ダイアー　今日は、エイブラハムとお話しできてうれしいです。この瞬間を何年も待ちわびていました。

聴衆　ウエイン、愛しています。

ウエイン　私も皆さんを愛しています。ここに来ることができてうれしいです。

エスター　今夜は何を話すの？　と尋ねてきた人には、「わからないし、知りたくもないの」と答えておきました。だって、頭を空っぽにして臨みたかったからです。

ただ、ダイアー博士のような素晴らしい人がエイブラハムと対話するなんて、なんと素晴らしいことでしょう。これ以上のことがある？　まさに、最高の「共同創造」以外の何ものでもないわ。

ウエイン　そうですね。確か1987年か1988年にエイブラハムのカセットテープ集をたくさん送ってきてくれた人がいて、それがきっかけで私はエイブラハムのテープを聴き始めるようになりました。そして、ジェリーとエスターに出会ったのは十数年前ですが、その間もずっと私はエイブラハムの大ファンだったのです。

エイブラハムの教えは、この地上で最も深遠なものの1つだと思っています。

エスター　私たち以上に私たちの本を売ってくださったこともありますし。

ウエイン　私はエイブラハムの信者なのです。人は真実が語られているかどうかがわかるものです。真実は心で感じるものです。物事の摂理がそのまま伝わってくるのがわかるのです。

エスター　そう。そのとおりです。

ウエイン　私もまさにエイブラハムの言うとおりだと、ずっとそう思ってきました。あなたの言葉に私は何百回、何千回と耳を傾けてきましたが、摂理から外れたことはありませんでした。

エスター　それでは、エイブラハムと交信しようと思います。よろしいですか？

ウエイン　ＧＰＳか何か必要？　それとも……。

エスター　私が心をクリアにするまで数分ください。エイブラハムが「こんにちは」と語りかけます。（エスターがダイアー博士をからかって）ウエイン、あなたは誰と交信するの？あなたもエイブラハムと交信するつもり？　本当に知りたいことがある時には、エイブラハムに話しかけてきたのでしょう？

ウエイン　ええ。自分でもそうしてきました。

エスター　それでは、交信します。

1 エイブラハムとはどんな存在なのか?

ウエイン　まずは、この対話をご覧の皆さんや会場にいる人々に、あなたはどんな存在なのかを説明していただけますか?

エイブラハムとは誰なのですか?

私を含めて、よく理解できていない人のためにお話しください。

エイブラハム　まず説明しておかなくてはならない最も重要な点は、私たちは意識の集合体、波動であり、あなたがたがこれまで幾度かアクセスしたことのある存在と何ら変わらないということだ。

ただ、エスターは、私たちの周波数に自分の思考の焦点を定める鍛錬を何年も重ねて、私たちの声をよりはっきりと聴き取れるようになった。

あなたがたを含めて思考の焦点を定められる者は皆、ソースエネルギーの延長部分となる。

私たちはそのソースエネルギーであり、あなたがたは皆ソースエネルギーの延長部分なのだ。

けれども、あなたがたは日常の出来事に気をとられている間に、目にするものの波動を無意識にも拾ってしまっている。すると、本当の自分の持つ「完全なるもの」の波動が遮られてしまう。

私たちは、その「完全なるもの」なのだ。

私たちを言葉で定義しようとする者がいるが、それは無理なことだ。

私たちはエスターに、エスターが口にしている「言葉」そのものをささやきかけているわけではない。私たちが与えたある概念を、エスターがふさわしい言葉にしているのだ。

エスターだけでなく、誰にでもできることだ。誰でも、インスピレーションとして受け取ることができる。

だが、インスピレーションといっても、ソースエネルギーではないものから受け取ったもので引き寄せの作用点を作り出してしまうこともある。

たとえば、あなたが機嫌の悪い時にインスピレーションを得たとしたら、それはソースエネルギーからではなく、いわゆる肉体経由のエネルギーの影響を受けた概念から受け取ったものだ。なので、自分が受け取る波動の周波数を常に高い状態にしっかり保てているかが重要となる。これがいちばん簡単な説明だ。

そして、あなたがたに何より伝えたいのは、高い周波数に接したことは誰でも幾度かはあっても、いつもその周波数に合わせていられるわけではなく、エスターにもエイブラハムからの波動を受け取れない気分の時だってあるということだ。

けれども、今日の公開フォーラムのような場では、聴衆の期待のおかげで、エスターは私たちに波動を合わせやすいはずだ。

あなたがたみんながエイブラハムの話が聞きたいと望んで作り上げた思いの流れの「勢い」に乗った私たちの波動や知恵を、エスターが言葉にしているのだ。

ウエイン　つまり、あなたがたはとても高い波動の集合体ということになりますね。神と同じぐらい、ということでしょうか？

エイブラハム　人間は、私たちという存在を定義するのにも、神という存在を定義するのにも苦労してきた。
さらに、かつては肉体を持っていたが、再び見えない世界（非物質世界）に融合した存在の定義にもいまだ苦労している。

私たちはあなたがたをとても愛しているのだが、しかし、人間としてのあなたがたの生命の流れに対する見方はばかげている。

ほとんどの人間は、自分とは、しばらくの間体に宿って、うまくいったりいかなかったりしながら人生を過ごし、やがてこの世を離れる存在だと信じているが、実際はといえば、あなたがたは永遠の存在だということだ。

あなたがたがこの世を去ることなどない。

意識がもはや捨て去った肉体に向かなくなった後も、意識として存在し続け、地上の出来事に意識を向ける。

あなたがたのすべてに対して、とても興味を示す意識の集合体が存在しているのだ。

そのソースエネルギーを、人は神と呼ぼうとする。その存在には誰もが直接アクセスできるのだ。

ウエイン　ですから、「私」とは、精神的にさまざまな経験を積み重ねながらここに存在しているのではなく、むしろ逆ではないかと私も常々語ってきたのです。

つまり、一時的に人間としての経験を積んでいる、永遠に生き続ける魂の存在なのではないかと。

エイブラハム　あなたが「今」という時に存在し、強情になったり、怒ったり、むやみに心配したりせず、高い周波数（ハイ・フライング）の波動を訓練して身に付ければ、インスピレーションが流れ込んでくる。

そう、あなたは自分で思っている自分を超えた存在なのだ。

そう、あなたはソースエネルギーの延長部分なのだ。

その時、すべてをはっきり情熱を持って感じられるのだ。

そうなった時があなたにとって機が満ちた時なのだ。

その時があなたにとって最も楽しい時なのだ。いちばん心地よくなる時なのだ。

あなたは自分で自分の現実を作り上げている。

なぜなら、あなたは引き寄せの法則に従って、自分の思考を反映した波動を常に周りに放っているのだから。

歩いている時でさえも、自分で引き寄せの作用点を作り出していて、あなたは自分の発する波動に応じて起こった体験をしている。

それはまるで、あなたがある周波数で回るディスクの上に立っていれば、あなたやディスクの上には同じ波動のものだけがあることになるようなものだ。

さらには、自分が乗っているディスクは、あなたが頭で考えることや、気分に左右され、変化する。

つまり、人は自分が何に思考を向けるかで、自分の乗るディスクを選んでいるのだ。

気分が高揚する、人を愛する、自由や楽しみといった感情が放つ波動のディスクを選ぶこともできれば、悲しみ、絶望といった感情が放つ波動のディスクも選べる。

自分がいったい今、どんなディスクの上にいるのかは、自分がどんな人に出会うかでわかる。

もし、意地の悪い人たちに囲まれているのなら、あなたもその意地の悪い人たちと同じディスクの上にいることになる。とても単純なことだ。あなたの周りには、あなたとまったく同じ周波数を持つ人々が集まってくるのだから。

もし、いつでも自分がどんなディスクの上にいるのかを意識できれば、自分や他の人に起こることが、すべてはっきりと理解できるのだ。

The Teachings of ABRAHAM®

歩いている時でさえも、
自分で引き寄せの作用点を作り出していて、
あなたは
自分の発する波動に応じて起こった体験をしている。

2 意識の限界を超える方法

ウエイン　数年前、私は、『インスピレーション（inspiration）に満たされる365の方法』（柳町茂一訳　ダイヤモンド社）という本の中で、「in-spire（インスパイア）」「in sprit（イン・スピリット）」という2つの言葉について執筆しました。

数千年前にこの世に存在したインドの文法学者で、偉大な師であったパタンジャリは、こう述べています。

「偉大な目的、壮大なプロジェクトに触発、つまりインスパイアされると、あなたの意識は限界を超える。そしてあなたの意識が限界を超えた時、意識はあらゆる方向へと広がっていき、気がつけば素晴らしい世界に新たに生まれ変わる」

うかがいたいのは、パタンジャリがこれに続けて述べていることについてです。

「インスピレーションを得ると、眠っていた力、能力、才能が花開き、こうありたいと夢見てきた自分よりはるかに偉大な自分の姿を見出すことになる。

それはまるで、神、ソース、あるいはタオ、神聖な存在など、どう呼ぶにせよ、あなたが語りかけ、また、あなたに語りかけるソースエネルギーの中に自分自身が存在しているのに気づくことになる」

エイブラハム　それについて、私たちは最近次のように説明することにしている。

あなたがたは朝、目を覚ました時が潜在的に最も高い波動の状態だ。

というのも、眠っている間は、引き寄せの法則の作用点がなくなる。

まず、目を覚まして、昨日の失敗や今日しなければならないことを思い浮かべてしまう前のあなたは、一日のうちでいちばん純粋で、ポジティブなエネルギーの波動と調和する力が潜在的にある状態ということになる。

だから、一日を始める前に、目を覚ました直後の自分の状態に焦点を定めて、しばらく時間をかけてその流れに勢いをつければ、ソースエネルギーの意識の周波数と調和することができ、常に自分の行動も意識できるようになる。

けれども、放っておけば自然とそうなるわけではない。

自分の思考の流れの方向が常にソースの波動と一致するよう焦点を定めておく必要がある。

これがいちばんわかりやすい説明だ。

つまり、ソースは、誰のためにでも、いつでも存在している。

私たちも常に、あらゆる場所に存在している。

だから、ソースの存在を意識して、そのエネルギーとの調和を妨げる波動を生じさせさえしなければ、あなたはいつだってソースの持つ素晴らしい瞬間を手に入れられる。

いつだって、できることなのだ。

そして、常にそれができる人を、人はマスターと呼ぶ。

だが、彼らだけでなく、誰にでもできることだ。

自分が何に思考の焦点を定めておくかをマスターする、それだけのことだ。

The Teachings of ABRAHAM®

朝、目覚めた時が最高の波動の状態。

3 どんな思考も17秒で似たものを引き寄せる

ウエイン　私は毎朝3時頃に目が覚めるのですが、ずっと昔、偉大な詩人ルーミーは次のように言っています。

「朝の風は、あなたに人生の秘密を教えてくれる。
目が覚めたら、眠りに戻らずに
目が覚めたら、再び眠ることなく
目が覚めたら、眠ってはならない」

毎朝、自分が3時頃になると目が覚めてしまうことは、幾度となく自分の本にも書いてきましたが、いったい私に何が起こっているんでしょう？
なぜ私は目が覚めてしまうのでしょう？
目覚める時間が正確にわかるのです。

数年前に私が撮った映画『ザ・シフト』の中でも、目が覚めた時の時計はいつも午前3時13分を指していました。

天使の仕業《しわざ》なのでしょうか？

それとも聖なるソースの仕業なのでしょうか？

それとも誰かが、「あなたは意図的にその時間に目覚めているのです。その時間が誰にも邪魔されない時間なのです」と私に教えてくれているのでしょうか？

エイブラハム　私たちがまず伝えたいのは、ソースという存在はいつでも誰のすぐそばにでもあるということだ。

だが、今の話の中で最も大事なことは、あなたは何らかの理由で、その時間にソースに耳を傾けようと自分で決めたということだ。

ウエイン　でも、私の周りに、私の邪魔をするような者は誰もいません。

エイブラハム　それは大事な点だ。あなたが、どうしてその時間に目が覚めてしまうのか？

どうして、その時間に最も影響されやすくなり、ソースなどからのメッセージを受け取れるのか？

それは、眠っている間には、次々と浮かんでくる思考の勢いが止まるので、あなたの中で互いに矛盾する波動が生まれにくいからだ。だから、メッセージがいつもより聞き取りやすくなる。

エスターも私たちからの言葉を受け取って早朝に目を覚まし、「あら私、目が覚めちゃったの？　まあ、目が覚めてしまったんだから、起きることにしましょうか」といつも独り言をつぶやいている。

その時間は障害となるものがないので、私たちの声が拾いやすくなるのだ。あなたの言っていることと同じだ。

ウエイン　そうです。けれども私の場合、最も創造力が働くのは真夜中なのです。

エイブラハム　では、それがなぜだか考えてみよう。

もし、あなたがあることをわずか17秒間考えると、「引き寄せの法則」によってそれと似たような思考が引き寄せられる。

そして、それがまた似たような思考を引き寄せ……と勢いがついてくる。

ウエイン　どういう意味でしょうか？

「引き寄せの法則」が似たような思考を引き寄せるとは？

そもそも「引き寄せの法則」とは何なのでしょう？

エイブラハム　たとえば朝、あなたが目を覚まして、潜在的に物事を明快に判断できる能力がある時に、昨日起こった仕事上のトラブルについて考え始めたとしよう。

すると、仕事上のトラブルに巻き込まれてジレンマを感じている自分を思い出してしまう。そして、その時の不快感をも思い出す。そして、もめたことも思い出す。

わずか17秒間、そのことに思考を向けてしまうと、それと似たような思考がどんどんあなたの頭の中に流れ込んでくる。

もし、さらに17秒間それを考え続ければ、さらに似たような思考に勢いがつく。

さらに17秒間考えると、ますます膨れ上がっていく。

そして、68秒もすれば、思考は信念となり始める。

わずかな時間に、あなたはソースの波動と調和する窓をすっかり見失ってしまうのだ。

そんなことが最近、エスターにもあり、私たちはエスターに次のように言った。

「あのね、君はいつでももっとポジティブな考え方で明日をスタートできるんだよ」と。

すると、エスターは次のように答えた。

「高い波動に戻るのに明日の朝まで待つなんて、私には納得できない。だって、自分の思考の焦点を定めさえすれば、今すぐにだって高い波動（ハイ・フライング）の状態に戻れるもの」

私たちもエスターも、確かに思考の焦点を定めればもっとポジティブな思考ができる状態に戻れるはずだと同意はしたものの、それでもネガティブな思考が生まれてしまった後になってからよりも、そうなる前のほうがずっと簡単にポジティブな状態に戻ることができる。

「引き寄せの法則」について語っておきたいのは、それがすべてを司る波動を生み出すエンジンのようなものだからだ。

さらに、「勢い」について語らずして「引き寄せの法則」は語れない。なぜなら思考には「勢い」があるのだから。

もし、あることをある一定期間考えていると、それはもはや確固とした習慣となってしまう。それが信念の正体だ。信念とは、単にあなたが思考をめぐらせ続けるその勢いにすぎない。
時に、もはや自分の役には立たない信念が残ったままだったとしても、その信念が十分に働き始める前、つまり目覚めた直後なら新たな信念を作り出すことができる。
ソースから生まれた「本当のあなた」が、自分でも本当はすでに知っていたはずの「信念」をまた新たに作り出すことができるのだ。

ウエイン　その反対に、たとえば目が覚めたら「私は自分でこの病気を治せる」などというポジティブなことを考えるというのはどうですか？

エイブラハム　ポジティブな思考に勢いをつけ、持ち続けることができたら、どちらにしろ素晴らしい。

ウエイン　それにも17秒ルール（ある事柄を17秒間考えると、それに似たものを引き寄せる法則）は同じように働きますか？

エイブラハム　17秒ルールはどんな事柄にも当てはまる。

だから、自分で意識していようがいまいが、あなたが今放っている波動に「引き寄せの法則」が反応して自分の思考の流れに勢いがつく、ということを知っていればいいだろう。

仮に私たちがあなたの肉体に宿っている立場なら、ある思考が心地よければ、その思考に焦点を定めて、さらにそのことを考えようとするだろう。

それについてもっと思考をめぐらせ、書き留めて、人と語り合い、心地いいと感じている思考に意図的に勢いをつけようとするだろう。

もし、不快に感じて落ちつかないような思考なら、できるだけそこから心の距離をとって物事をとらえられるよう最大限努力するだろう。

あなたがある特定の思考に関心を寄せれば寄せるほど、引き寄せるスピードや勢いは高まる。

逆に、ある思考を少し距離をとって客観的にとらえられるようになればなるほど、引き寄せるスピードは緩和され、ゆっくりとしたものになる。

エスターは、かつてサンフランシスコで、ある丘の頂上まで車を運転していった時のことを思い出している。

連なる丘をみんなが車で上り下りしているとは、エスターには信じられないほどの坂だった。

さて、そこで想像してみよう。

車をある丘の上に停め、車のギアとサイドブレーキを外す。

そして、試しに自分の車を後ろからそっと押してみたらどうなるか。

そう、ほんのちょっと押しただけで、車はゆっくり坂を下り始めるとわかっているはずだ。

でも、動き出してもすぐに車の前に出て止めれば、車が坂を下っていくその望まぬ勢いは簡単に止められる。しかし、丘のはるかふもとまで坂を下っていってしまってから車を止めようと思いはしないだろう。

あなたの思考の勢いにも同じことが起こっている。

すべての思考は波動を放っており、どんな思考にも「引き寄せの法則」は反応し、思考は流れる勢いを増していく。

ただ唯一、みずからに問いかけなくてはならないことは、「この思考は自分が勢いを持たせたいと望んでいるものかどうか」ということだ。

何しろ、思考の流れには勢いがつくものだから。

「引き寄せの法則」は常にこのように働き続けようとするものなのだ。

たった68秒で、
思考は信念となり始める。

4 楽に進める道が必ずある

ウエイン 私は、ソースとつながるために、たとえ自分が弱いと感じることがあっても「私は元気だ。私は癒される。私は豊かだ。私は前向きだ。私は優しい」などと言葉にして潜在意識を書き換える「I AMディスコース」の手法についてお話をすることがあります。

旧約聖書『ヨエル書』の「弱い者に、私は勇士だと言わせよ」というくだりと同じだと思うのです。

エイブラハム ある意味その通りだが、逆効果にならないように努力する必要はある。というのは、どんな宣言にも、望んでいることそのものと、望んでいるものが今はない、という2つの側面が含まれているからだ。

もし、自分は強くないと感じながら、「私は強い」と口にしたとして、最終的にどちらの気持ちがあなたを突き動かすだろうか？

あることに対して大変な努力が必要だと感じている時には、あなたはある勢いですでに流れている波動を克服しようと頑張っていることになる。そんな場合には、こうなってほしいと自分が望んでいるのとは逆のことが起こる。

つまり、自分で望みをアファメーション（宣言）しておきながら、それとは反対の波動を持つ行動で「ない」ものを補おうとしているのだ。

言葉では、相反する流れに立ち向かうことはできない。結局は相反することをしているから、もっと頑張らなくてはならないと感じてしまうことになる。

アファメーションは素晴らしい手法だが、アファメーションをおこなう際にはその時自分がいい気分かどうかを確認しておく必要がある。

なぜなら、宇宙はあなたの言葉ではなく、あなたの意図を聞きとげているからだ。

ウエイン　宇宙が反応するのは、意図だけでなく感情でもあるんですよね？

エイブラハム　そのとおりだ。

感情を通じて、あなたがたは自分の意図を知る。

自分では自分が弱いと感じていながら、「私は強い」と声高に宣言すればするほど、宇宙には自分が強いと感じても信じてもいない感情のほうが伝わっていく。だからあなたはさらに頑張らなくてはならなくなってしまう。

それはまるで、川岸に行ってカヌーを川に浮かべ、上流に向けて一生懸命必死になってパドルを動かしているようなものだ。なにしろ、何かを成し遂げるには困難がつきものだと信じ込んでいるから。

けれども、引き寄せの法則は、何かを成し遂げるのにいちばん抵抗のない道筋へとあなたを導く。

あなたがたはソースエネルギーの延長部分なのだから、望んだものへと進むのにたやすい道筋があるはずなのだ。

それは最も障害のない道筋のはずであり、この道筋を進めばよいとか、進むべき道筋から外れたかどうかというのも自然と感覚的に自分でわかる。

自分は正しい道筋にいるはずだと声高に宣言する時ほど、むしろ望む道筋から外れてしまっているもので、そうなると正しいと思える道筋を探して躍起になるのが普通だ。

時には、ちょっと昼寝をするほうがずっとマシなことだってある。

自分は正しい道筋にいるはずだと
声高に宣言する時ほど、むしろ
望む道筋から外れてしまっているもの。

5 あなたはこの世界に心ひかれて生まれてきた

ウエイン　そこで、とても大事な質問があります。
これまでの質問ほど大事ではないかもしれませんが、私には8人の子がいます。

エイブラハム　（からかうように）それはそれは、ご愁傷様。

ウエイン　わが子が生まれてくる前は、8人をそれぞれどう育てるか、8つの子育て理論がありました。そして8人の子を育てた今、逆に子育てに対する持論はなくなりました。

私にはセレナという娘がいます。

セレナが9歳か10歳の頃、父親である私に不満ばかりを募らせ、私に対してこれが間違っている、あれが間違っている、とあれこれ主張するようになったのです。

私はエイブラハムの教えに少し耳を傾けていたこともあり、ある日、セレナの不平不満にうんざりして彼女にこう言ったのです。

「あのね、私みたいな父親、私のような親がそんなに嫌いなら、君が責めるべきは私ではない。自分自身をじっくり見つめて、どうしてこの人を父親に選んだんだろうって、自分に聞いてみることだね」

するとセレナは腰に手を当てて、目を白黒させて私を見つめました。

10歳ぐらいの子がよくやるようなポーズです。

そして、セレナは次のように言いました。

「お父さんは、私がお父さんやお母さんを選んで生まれてきたって言ってるの?」

私はセレナに言いました。

「そうだよ。だから、重要な選択をする前にはよく注意することだ。

エイブラハム「今だって、私という存在がどういう親なのかは君が引き寄せているものなんだから。君の私への期待が大きすぎて、私にはとても受けとめきれないよ。私と君は一緒にいると、なんでこうなるのと互いを責めたくなってしまう波動の場を作り出してしまっているようだ」

ウエイン すると最後に、セレナは、これまでわが子からは聞いたことがないような素晴らしい返事をしました。

「そうなの？　じゃあ私、親を選ぶ時にきっとあわてていたのね」

そこでエイブラハム、質問があります。

「この肉体を持つ世界に生まれ落ちる前に、子どもは自分の親を選んで生まれてくるのでしょうか？」

エイブラハム　そのとおり。

ウエイン　どうやって選ぶのかを説明していただけますか？

エイブラハム　そこには確固たる道筋がある。

とても強力かつだいたいの計画のある道筋だ。

あなたがたは自分がこの世にまもなく生まれ落ちることも、この世は多様性があればこそ完璧な状態なのだということも知っていたのだ。

多様性があるからこそ、それに触発されて、自分に新たな好みが生まれるだろうこともわかっていたのだ。

ウエイン　私たちは本来すべてを知っていると言われましたが、どのように知っているのでしょうか？

つまり、生まれてくる前の私たちには考えるための脳も、その脳が機能する肉体もないのに。まだ肉体がないのに……。

エイブラハム　（からかうように）意識や知識が、脳とどんな関係があるというのか？

ウエイン　エイブラハム、この質問に答えられるのはまさにあなただと思うのですが。

エイブラハム　脳というのは、あなたが思考やその焦点を定めるための仕組みにすぎない。だが、意識は、いわゆるその人間の脳が思考や焦点を定めることができる領域の外にある。

それこそ、意識とは私たちがここで語っている「波動」なのだ。

私たちは、「波動」について語っている。

「エネルギー」について話をしている。

「思考」について、述べている。

さらに、最終的に思考の流れに十分な「勢い」が生まれると、あなたの中に感情が湧き起こる。

私たちが伝えたいのは、あなたが感じる感情とは、単にさまざまなことが表面に現れたものだということだ。

どれほどより広い視野を持った自分の意志と調和したものであるかどうかとは関係なく、ある感情が感情として湧き起こるまでには、あなたの中にかなりの量の感情の「流れ」やその「勢い」が生まれているのだ。

あなたは肉体を持つようになる以前、「意識」として存在していた。

そして、自分の意識を肉体に宿してみたいと願ったのだ。

肉体を持って素晴らしい多様性にあふれた生物とともに、時間と空間の制限のある現実を共有し、周りに触発されてこそあなたの中に新たなアイディアが生まれることがわかっていたのだ。

そして、そのことにあなたは心ひかれた。

なぜなら、あなたは永遠の存在だから。

肉体を持って生まれ落ち、地上の互いに比較できる多種多様なものが存在する世界に囲まれて刺激を受ければ、新たなアイディアが生まれるだろう、そして新たなアイディアがなければ、自分が永遠の存在ではなくなってしまうということも知っていた。けれども同時に、どうすれば自分が永遠であり続けられるかもわかっていたことになる。時間と空間の限られた現実世界があなたにインスピレーションを与え続けると、あなたは知っていたからだ。

だからもともと、幸福とはおおよそどんな感覚なのかを持ち合わせていたし、自分の絶対的な価値も理解していた。

エスターやあなたがたにとって大いに参考になるのは、ジェリーが物質世界を去ってしまった今でもエスターは、ジェリーは存在し続けていると強く感じ、自分がやっていることにジェリーが気づいているのか、興味を持っているのか、とても知りたがっているという点だ。

エスターはジェリーの「意識」を感じていて、ジェリーと自分の波動が調和しているかどうかが感じられるのだ。

ジェリーと波動が一致しない時には自分が道から外れてしまっているということが、エスターにははっきりわかる。

そしてジェリーは、見えない世界にある「意識」の1つの例にすぎないのだよ。

人間は、ある世代が生まれて、次の世代が生まれ、そしてまた次の世代が生まれるというように続くのが人生だと信じているが、それは本当の人生のつながり方ではない。

本当の人生とは、あなたがこの世の肉体に宿って生まれ落ち、さまざまな違いや多様性を経験し、自分にとって興味の持てるもの、喜ばしいもの、驚かされるもの、励まされるものを見出していく中にあり、その過程であなたは次々と新たな望みを生み出していく。

そしてあなたが興味をそそられること、生まれ落ちた理由となった自分の望みを持ち続け、それはこの世を去って見えない世界に戻っても消えることなく続く。

それどころかやがて、人間が死と呼ぶものを迎えると、あなたが経験したことや興味をそそられた事柄にとても関心のある見えない世界の「意識」の一部になる。

あなたがたからすれば何の障害もないはずの見えない世界から興味を持たれているのは、むしろあなたがたのほうなのだ。

あなたがたにはもはや、自分の望みに対して、疑いを持ったり、価値がないなどと思う必要はない。

あなたがたは純粋で、ポジティブなエネルギーの存在なのだから。

スリルや衝撃を経験するのも、その瞬間、あなたがそれを経験したいと切望している証拠なのだ。

そんなことに遭遇した時、それを経験しているのは自分だけだと思っているだろうが、その感覚が実は私たちにも伝わってくる。

だから、私たちが、見えない世界だけに関心があり、だから形をなさないのだとか、心も感情もなければ何かに興味を寄せることなどありえないなどといった思い違いをしないようにしてほしい。

The Teachings of ABRAHAM®

本当の人生とは、
あなたがこの世の肉体に宿って生まれ落ち、
さまざまな違いや多様性を経験し、
自分にとって興味の持てるもの、喜ばしいもの、
驚かされるもの、励まされるものを見出していく中にあり、
その過程であなたは次々と新たな望みを生み出していく。

6 亡き母は今でも私がわかりますか？

ウエイン　時間が存在しない世界には、時の前後の概念もないことは理解しています。おっしゃるようにジェリーはこの世を去りましたし、私の母も少し前にこの世を去りました。
　母は今でも私のことがわかりますか？

エイブラハム　あなたの母親は、あなたのことがわかるだけでなく、毎日いつでも気にかけている。

　けれども、あなたが持っている「母」という概念を変えなくてはならない。というのも、この世を離れ、見えない世界に戻った時に、あなたの母親はそれまで肉体で経験したどんな疑いも恐怖も、心配事も個性もすべて捨て去ったのだ。

　だから、私たちはあなたがたに、朝目覚めた時にすべてをリセットできるボタンを押せるのだということを覚えておいてほしいと思う。同じようなことが、あなたがた自身が見えない世界に戻った時にも起こるのだから。

あちらの世界に戻ると、あなたがたはリセットボタンを押す。

しかし、自分にとって興味関心のあることまで失ってしまうわけではない。

それどころか、リセットボタンを押した後のほうが、それまでより興味関心の持ち方が強くなる。

けれども心の中の拒否感や抵抗感すべてを捨て去る前や、肉体を持っていた頃のままの母親を思い出しても、母親を見つけ出すことはできない。

ウエイン 母が亡くなってすぐの夏、私がスコットランドのグラスゴーに行った時のことです。滞在していた部屋で母の存在を感じたことがあります。

エイブラハム そうだ。母親は、あなたの心に拒否感がない時を見計らっているのだ。

ウエイン 母が亡くなってから、私は初めて白日夢を見ました。明晰夢《めいせきむ》でした。96歳で亡くなった母ですが、夢の中では40代の頃の姿をしていました。
私は車を運転して家まで行き、ドアを開けようとしたのですが、そこにはなかったはずの網戸があって、その網戸がどうしても開けられなかったのです。

エイブラハム　夢の中に出てきた網戸は、いつも見慣れたものしか目に入れようとしないあなたの心の抵抗を表している。

ウエイン　すると、母がその戸を開けてくれました。母が内側から戸を開けてくれたのです、内側から。

私は母に言いました。

「母さんがここにいるはずがない。母さんはここにいるはずがないんだ。母さんは死んだんだから。

母さん、あなたは死んだんですよ。この世にはいないはずです」

私がそう言うと、母の姿は薄れていきました。

エイブラハム　母親の姿が見える能力があなたからなくなってしまったからだ。

ウエイン　そして、母の姿はどんどん年老いていきました。

母の腕は40代の時のそれから、96歳の女性の腕へと変わっていったのです。

エイブラハム　そう。ただ、母親はその部分は忘れてほしいと思っているが。

ウエイン　この出来事を私はエスターの親友でもあるルイーズ・ヘイに話しました。するとルイーズは、母がなぜ私と一緒にいられないのかを教えてくれました。

エイブラハム　あなたの母親は、あなたと一緒にいられないのではなく、ただあなたのほうに母親の姿が見えなくなっただけのことだ。

あなたの母親がいなくなったわけではなく、あなたの人間としての感覚ではとらえられなくなっただけのことだ。

ウエイン　そこで、死という概念について……。

エイブラハム　「死」というものはない。

ウエイン　ないんですよね。

エイブラハム　ある人生から、次の人生へと移り変わる、それだけだ。

死とは、「明晰で熱意があり、楽しく、完全で確信を持った、価値ある、情熱に燃え、興味関心を持っている」状態と同じなのだ。それも、かつてないほどに！

母親が肉体に宿っていた頃には、あなたの偉大さがわかっていなかった。

でも、今の母親にはわかっている。

生前の母親には、あなたがどれだけ素晴らしい人間かがまったく理解できていなかったのだ。

母親は、あなたを愛していたが、今の愛し方とは違う。

ウエイン　私は、母が今ここにいるのを感じます。

エイブラハム　そうだ。あなたの母親は、どこにでもいるだろう？

（エイブラハムは聴衆を見渡して）ほら、あのあたりに、オーラが浮かんでいるのが見える。

The Teachings of ABRAHAM®

「死」というものはない。
ある人生から、次の人生へと移り変わる、
それだけだ。

7 人のせいにするのをやめると、人生は変わる

ウエイン　マイクをつけてあなたとの対話に臨んでいるこの機会に、私の幼い頃の父とのことをお話ししましょう。

私は生まれてから10歳になるまで、何人もの里親のもとを渡り歩いたり、養護施設などで育ちました。

父は、家を出ていってしまうような輩《やから》でした。刑務所に入っていたことだってあります。とても乱暴な人でした。

4歳にもならない3人の息子を抱えた母のもとを去ったのです。父は、ただ姿をくらましてしまいました。

話せば長くなりますが……。

エイブラハム　あなたが計画したとおりにね。

それは、あなたが望んだ道なのだ。あなたは、とことん自由を求めて生きる人であり、

自分に指図する人にはそばにいてほしくないと思っていたのだ。

ウエイン　そうですね。同じことをわが子から何度も何度も言われました。子どもから「あれこれ指図しないでよ」とよく言われますが、それはその子が手に負えないほど大変な子だからなのではなく、「私は自由でいなくてはならないのだ」と主張しているにすぎないと思っています。

エイブラハム　子どもたちは「自主性にまかせてくれ。大いなる理由があってこの世に生まれてきたのだから。自分にはソースからの導きがある。私は本当の自分の波動に合わせていたいんだ」と訴えているのだ。

ウエイン　私は父には一度も会ったことがないのです。

私は心の中で、ただ家を出ていったまま、振り返ることも援助をすることもなく、３人の息子がどうしているかなどと尋ねさえもしなかった人間への怒りを抱えたまま大きくなりました。私は末っ子でした。

エイブラハム　あなたの父親は、自分の役割を果たしたのだ。父親がいなければ、あなたは肉体を持ってこの世に生まれ落ちてはこられなかった。多くの親が、子どもにそれ以上のことをしてやろうとして事を台無しにしてしまうのだ。

ウエイン　私は自分で父を選んだのでしょうか?

エイブラハム　もちろん。ちゃんと意図してね。

ウエイン　というのも、自分の人生の中で最も大事な瞬間が起こったのは、34歳になった私がミシシッピ州ビロクシにある父の墓を訪ねた1974年のことでした。

それまでの私は、酒を飲み、体重も増え、投げやりに日々を送っていました。自分のことを大事にできなくなってしまっていたのです。

執筆を始めて、教科書を作っていた私でしたが、自分が本当に書きたいものが何なのかがわからなくなってしまっていました。書くことがまったく浮かばなくなってしまったのです。

エイブラハム　あなたはあまりに怒りすぎていたのだ。

ウエイン　そうです。私の中には怒りが渦巻いていました。

毎晩のように夜中に夢から覚めてしまうことが続きました。

ただ叫び続けながら、父と闘って、汗だくになって目が覚めるのです。

そこで私は父の墓に出向きました。１９７４年8月30日のことです。私は大事なことを成し遂げるために、父の墓に行ったのです。

数時間ほど墓にいた私は、ニューオーリンズに向かい、そこからニューヨークに戻るつもりで車に乗り込みました。当時、私はニューヨーク州セント・ジョーンズ大学の教授として教鞭を執っていましたので。

ところが、何かに墓に戻るよう引き止められたのです。

エイブラハム　墓に呼び戻されるまでに、あなたはどこまで道を進んでいたのか?

ウエイン　車に乗り込んだばかりでした。

車に乗り込むと、どこからか「墓に戻りなさい」という声が聞こえてきたのです。

墓地に戻った私は泣きだし、そして、父を許しました。
私はこう言いました。「これから先、父さん、あなたに愛を贈ります」と。
私は父のことを映画にし、父を偉大な師と呼びました。
そこから私の人生ががらりと変わり始めたのです。
出版された私の本は、世界的ベストセラーになりました。
私が怒りを手放した時、すべてが起こったのです。

エイブラハム　あなたはその時、何が起こったと思っているのか？
なぜなら、父親はいつもあなたのそばにいたのだから。
いつだってあなたを愛していた。
いつだってあなたを誇りに思っていた。
そして、いつだって感謝もしていた。

ウエイン　本当ですか？

エイブラハム　なぜなら、あなたの父親はソースエネルギーの存在だ。だから、そう感じていた。

ウエイン 父が生前、地上にいた頃にも、同じように思ってくれていたのでしょうか？

エイブラハム いいや。生きていた頃には、つながりをすべて断っていた。

ウエイン そうでしょうね。刑務所にいるのが多かったような人ですから。

エイブラハム しかし、あなたの父親は、見えない世界に戻るや、純粋でポジティブなエネルギーの一部となった。

だから、父親の影響力は強大だった。

それだけに自分に何が起こっているのか、すべてを理解したいと思うあなたの望み、それを人に教えていきたいと思うあなたの希望、あなたの障害となっていた心の中の抵抗感を解き放ちたいと思うあなたの気持ちも強かったはずだ。

つまり、あなたが誰かを許した時、ソースとの調和を妨げていたものから自分自身が解放された。

そして、このことと、あなたが何に対して怒りを感じていたかは、まったく関係がない。

まあ、あなたが怒りばかりに心を向けているから、関係があるように感じてしまうのだがね。

だから私たちは、あなたに「その時、何が起こったと思っているのか?」と問いかけたのだ。

何か強い望みがあって、父親の墓前に参ったはずだ。

その部分をもう少し、詳しく話してくれないか?

ウエイン　はい。私が父の墓に行ったのは、正確には、父が本当に亡くなったのかを確かめるためでした。私は、父がウエインという名の息子がいたことを知っていたか、確かめたかったのです。それをただ、私は知りたかったのです。

エイブラハム　では、あなたはまだとても辛かったのだ。

ウエイン　それでも、なぜか父の墓に引き寄せられるものがありました。
二人の兄は、まったくと言っていいほど父のことが気にならなかったようです。

それに母は、父についてては、私にまったく口を開こうとはしませんでした。ただ、父のことを「大ばかやろう」と言っただけでした。

母がそんな汚い言葉を使ったのは、その一度きりでしたが。

エイブラハム　あなたを父親の墓に引き寄せたのは、幸福への道筋だった。

あなたが引き寄せられたのは、自分が誰かに頼って生きるために生まれてきたわけではないと思ったからだ。本来の自分と調和できずに生きている自分への言い訳に、人のせいにしなくなったからだ。

そして、そうしたものから解放された時、大事な何かが起こったのだ。

それは時間が経ったからかもしれないし、もはや無駄だと思ったからかも、ばからしいと思ったから、あるいはもう十分だと思ったからかもしれない。あるいは、リセットボタンが押されたからかもしれない。

もはや古びてしまった自分の信念よりも、より強固な望みが自分の中にできたからかもしれない。

ある瞬間、あなたのある望みがすべてを上回った。前に進みたいと望んだのだ。

私たちが生み出してきたたくさんの本には、どの本にもさまざまな実践法が述べられているが、どの実践法も、心に残る抵抗感を解き放つ方法を見出す手助けとなるように書かれている。なかには、その抵抗感をただちに解放できるものもあるが、あまりに急ぐと、逆に抵抗感がさらに増すことだってある。

というのも、あなたの思考のくせ、信念には、すでに流れている思考の勢いがあるから。そこで、あまりに長い時間抱え続けていた抵抗感が消えてしまうような大事なこと、つまり本当の自分の完全さを垣間見るようなことがあなたに起こったのだ。

あなたが感じたのは、見えない世界にいる父親があなたに焦点を定め、あなたに注ぎ続けている愛を感じてほしいという思いを通して感じた神の愛の力なのだ。

最も適切な言い方をすれば、あなたの父への憎しみより、父のあなたへの愛のほうが強固だったということだ。

そして、父親への憎しみが薄れた瞬間のあなたの心を、父親がとらえた。それをあなたが感じた。私たちがこれほど伝えたいことはないのだよ。

このことこそ、私たちが毎日、一日中あなたがたに語りかけていることだ。

「どうやったら癒されるのでしょう」と私たちに尋ねる人は多い。誰か助けてくれる人を求めてそう尋ねるのだろう。

それに対する私たちの答えは、「ソースはあなたにいつでも幸福のエネルギーを注ぎ込んでいる」ということだ。

すでにソースがエネルギーを注いでいるのだから、他に必要なものは何もない。

けれども、そのあまねくあふれている愛と幸せのエネルギーをいくらかでも受け入れられるように、あなたの心の抵抗をやわらげてくれる人と出会え、少しでも調和した感覚を感じられれば、それで十分だ。

ここがあなたも言ったように、人生の変換点なのだ。

あなたの人生は実際、急速に変化し始めた。本当のあなた自身を愛する存在となるのに、最も障害のない道筋に戻ったのだから。

そして、憎しみを捨て去って、大きな一歩を踏み出したのだよ。

ウエイン あの世には愛しかないのですか?

エイブラハム そのとおり。あるのは愛だけだ。

ウエイン そうですね。愛だけなんですよね

ただ、ただ、ただ、純粋なエネルギー、愛、明晰さ、情熱、熱望だけがあるんですね。

「どうやったら癒されるのでしょう」と
私たちに尋ねる人は多い。
誰か助けてくれる人を求めてそう尋ねるのだろう。
それに対する私たちの答えは、
「ソースはあなたに
いつでも幸福のエネルギーを注ぎ込んでいる」
ということだ。
すでにソースがエネルギーを注いでいるのだから、
他に必要なものは何もない。

8 永遠に存在するために必要なもの

ウエイン　私は、この物質世界はすべて相反するものでできていると、二元性について総括的に語ることがあります。

この世は、上下、善悪、男女、東西といった相反する2つの概念にあふれています。

エイブラハム　その視点は、自分が何に思考の焦点を定めるかを決めるのに役に立つ。

つまり、望まないものがわからなければ、自分が望むものもわからないということだ。

私たちは、これを「創造過程の第1段階」と呼ぶ。

あなたがたが二元性と呼ぶ対比があるから、自分が求めるものが引き出されるのだ。

けれども、あなたがたは、前後や上下などというように対比させて、どちらにするかを決められないまま日常を過ごしてしまっている。

自分の求めているものがわかる手助けになるようにと物事を対比させているはずなのに、第一段階である「自分の望むものを求めて」生きようとしていないのだ。

ウエイン　では、私がこの世で最後の呼吸をして、見えない世界へと踏み出したら、そこには相反するものは存在しないということですか？

エイブラハム　見えない世界にも相反するものが存在はするが、あなたがいる物質世界と比べればほんのわずかな抵抗を感じるほどでしかなく、やがては慣れてしまう。

ウエイン　あなたの言う「対比」とは、どういう意味ですか？

エイブラハム　「多様性」「違い」という意味だ。

自分が望まないものがわかれば、自分が望むものもわかる。そうすれば、自分が望むものの波動をロケットのように放つことにつながるのだ。

創造には3つの段階がある。

最初の段階は、求めることだが、対比を経験することで求めるものを引き寄せる対象がはっきりわかる。

第2の段階では、あなたが求めて放った波動をソースが受け取り、互いの波動が一致する。

だから私たちは、「願えば、かなう」と表現しているのだ。

けれども、あなたが求める波動と、実際にあなたから放たれる波動の間にはギャップがあることが多い。先にあなたが父親の話をしたが、あなたは許しを感じたいと求めていたにもかかわらず、それとはまったく異なる波動を放っていたのだ。

不快な気持ちになるのは、これらの波動に大差があるせいだ。

そして、第3の段階を、私たちは「許容」と呼んでいる。みずからが求める波動との調和を見出す段階だ。

長期的な観点からすれば、最も障害のない道が敷かれることになるのだが、あなたが物事を憎しみや恐怖といった感情でとらえてばかりだと、その道を見出すのは簡単なことではないので、それが最も障害のない道だとは感じられない。

あなたがたは最終的に、見えない世界に戻って、その世界の一部になる。

自分が求めるものと、その波動に応えて放たれるソースの波動とのギャップを埋めることができれば、インスピレーションが湧いてくる。すると、自分が求めているものの詳細がわかり始めるのだ。

私たちは最近よく、「引き寄せの作用点」について話をすることがある。

自分が波動を放っているのだ、そして自分が放った波動に応えてすべての物事が起こっているのだということに、ほとんどの人が気づいていない。私たちは、この「自分が放った波動に応えて物事が起こること」を「引き寄せの作用点」と呼んでいる。

感情というのは、ある同じ事柄に対して、自分が望んでいるものと、自分の信じていることの波動がある時点で混ざり合ったことを明らかに示すものだ。

あなたには、不満やプレッシャーといった感情から、愛、喜び、感謝というもっとポジティブな感情、つまり恐怖や絶望、つらい気持ちから心地よい感情まで、すべてを生み出す「感情というナビゲーションシステム」がある。

ポジティブな感情が生まれれば生まれるほど、その時点で働いている思考と自分の意図の勢いとの間の波動の差が少ないことになる。

あなたがある感情、たとえば不愉快だと感じているのであれば、不愉快なことを引き寄せながら回っているディスクの上にいるようなものだ。すると、あなたがその回転数で回るディスクから降りない限り、不愉快な人とばかり出会うことになる。つまり、あなたが不愉快に感じる人とばかり出会ってしまう日があれば、自分が不愉快なことを引き寄せるディスクの上にいるのだと認識したほうがいいだろう。そこがあなたの引き寄せの作用点だから、そういう不愉快な人々が集まってくるのだ。

エスターは、まるで白雪姫の7人のこびとのようだと言っているが、たとえば不愉快なディスク、ハッピーなディスク、不機嫌なディスクなど、エスターには今では200種ものディスクがあるよ。消極的なディスク、積極的なディスクというようにね。

あなたにはあなたの「引き寄せの作用点」があり、それはコントロールできるのだと認識しておくといいだろう。

そして、自分の「引き寄せの作用点」をコントロールするのに最適なタイミングは、朝目覚めたばかりの時だ。

自分の「引き寄せの作用点」を変えるのに、日にちはそれほどかからない。意識して抵抗感のない目覚めを迎え、20日、30日、40日、50日間と、どんどん抵抗感の少ない思考に焦点を定められるようになると、自分が経験する感情や物事には大きな変化が起こるだろう。

この洞察やその変化が明らかに起こっていることを受け入れ始めると、あなたの中に心地いい感情や、素晴らしいアイディアなどがさらに勢いをともなって、どんどん流れ込み始める。

エスターも朝、どんな思考に焦点を定めるか意識して実践し、その効果を実感し始めた時には、「これを第4の段階と呼びましょうよ」と言うほどだった。

朝食をとる時からずっと高い波動のディスクから落ちないままに昼食をとり、そしてその日一日、そのディスクの上にとどまることができれば、素敵な出来事ばかりに出合い、やがて、意識すれば自分にとって最も障害の少ない道筋をたどれる波動を保ち続けられるとわかってくるからだ。

そして、その時になって初めて、見えない世界とともにあなたも意図的に物事を「創造」できるようになる。

そこでようやく、見えない世界に二元性が存在するかというあなたの質問への答えの核心に迫ってきた。あなたはとてもいい質問をした。

高い周波数で回るハイ・フライング・ディスクの上にいられれば、どれほど心地いいか確かめてみよう。

その高い波動のハイ・フライングの状態にしばらく留まれれば、そこに自分がいることを示す証拠となる出来事を経験することとなる。素晴らしい人々との出会い、スムーズな移動、駐車場もうまいこと見つかり、何より物事がクリアにわかる。混乱しなくなるのだ。

これから先の人生、あらゆることがうまくいくようになる。

そして、あなたが言った言葉どおり、自分で自分が変わったとわかるのだ。あなたの波動が劇的な変化を迎えるのだ。

そして、自分で意識できているのだから、その状態は維持できる。訓練して手に入れた状態だから、それはもうあなたが獲得したものだ。もうあなたのものだ。

けれども、たとえ最高の波動と調和しても、トラブルはあなたの目の前に降ってくる。

そこには、まだ対比するものがあるのだ。

だが、たとえ対比するものがあっても、あなたが今いる波動のディスクから降りることにはならないばかりか、トラブルはチャンスとなる。面白いチャンス、思考をめぐらしてみたくなるような出来事だ。もはや、トラブルに圧倒されたり、打ちのめされたり、叩きのめされた気持ちになることはない。

今や、違いは単なるオプション、あるいは選択肢でしかない。

自分の波動を意識でき、意図的に波動を発し、その波動にすべてがどう反応するかを観察するのは素晴らしいことだ。

早朝3時13分、あなたの心を打つような瞬間に目が覚めるのも素晴らしいことになる。

ウエイン　私たちは肉体を持ったままで、比類ない無償の愛、この上ない喜びの状態に到達できるのでしょうか？

エイブラハム　あなたはそういう状態を望まないだろう。

というのは、比べるものがなくなれば、成長したり、拡大したりもなくなるからだ。

そして、拡大し成長していくことが、永遠に存在し続けるのには必要なことなのだ。

つまり、選択肢がなくなれば、その先もない。先がなければ、私たちすべての存在が消えてしまうのだよ。

たとえ最高の波動と調和しても、
トラブルはあなたの目の前に降ってくる。
だが、それでもあなたは高い波動に留まることができ、
すると、トラブルはチャンスとなる。
面白いチャンス、
思考をめぐらしてみたくなるような出来事となるのだ。

9 なぜ、世界には憎しみがあふれているのか

ウエイン　地球上には暴力があふれています。そして、私が父を探してビロクシに行った時にも、私の心の中には暴力的と言っていいような気持ちがありました。

エイブラハム　いつも激しく怒っているのと、絶望している状態には大差がある。

復讐に燃えているのと、愛や喜び、感謝の気持ちに至ってはまったく異なる感情だ。

あなたがたは絶望したままでいるより、復讐に心を燃やしているほうがずっとましだ。

さらに、罪の意識より復讐の意識を持っているほうがましだし、怒りより圧倒されているほうが、そして圧倒されているより希望、希望より愛のほうがあなたにとっては望ましいだろう。

つまり、あなたの波動には常に改善の余地があり、その進歩し続ける波動こそが私たちの正体なのだ。

あなたが対比を経験しながら変化していくからこそ、ソースはどんどん純粋な波動を高

めていける。

人間のソースに対する概念、つまりソースはもはや、すでに完全で完璧な状態であり、拡大も進化もしないということや、人間はソースの完璧さを目指して励むべきだと思っていること、それらは間違っている。

本当に起こっているのは、人が生きているからこそ、ソースも愛の量を増やしていけるということだ。

人々の間に救いがたいほどの憎しみがあふれているのなら、ソースに向かって「もっと高みへとつれていってほしい」と望むロケットを放っているのと同じだ。つまり、あなたがたが生きている世界に憎しみがあるからこそ、見えない世界の愛も大きくなるのだ。

これが、私たちがここで語っている、「広がり続けるソース」という意味だ。

望みが次々と新たに生み出されなければ、あなたがたはみずからの価値観も認識できないのだ。

憎しみがあふれている！　というロケットを放ち、新たな望みが生まれたからには、ソースは低い波動に逆戻りすることがない。

そして、あなたがソースと調和するには、みずからの波動を高めていかなくてはならない。

つまり、高い波動で回るハイ・フライング・ディスクの上に常にいることだ。

エスターは時にふざけて次のように私たちに言うことがある。

「エイブラハム、私、今日はあまり気分がよくないから、あなたの波動が私に流れ込みやすくなるように波動を少し下げてくれない？　私のネガティブな感情は、私の波動が低いのに、エイブラハムの波動が高すぎるせいよ。だから、エイブラハムが私の波動まで下げてくれたら、私の切り離された感覚がなくなるはずだわ」

私たちはこう答える。

「私たちが波動を下げることはないよ。君が波動を上げるんだ」

ウエイン　でも、すべての人間が波動を高めていかなくてはならないというわけではないでしょう?

エイブラハム　そうだね。いずれにしても見えない世界に戻る時、あなたがたの言う臨死体験のようなこととして、すべての人が体験することだから。

だけど、幸せになるためには何も死ぬような経験をしなくてはならないとも思わない。「内在する自分」とソースの波動を調和させていく訓練をすればいいのだから。

人々の間に救いがたいほどの憎しみがあふれているなら、
ソースに向かって、
「もっと高みへとつれていってほしい」
と望むロケットを放っているのと同じなのだ。

10 多くの人に影響を与える人とは

ウエイン　でも、ソースエネルギーの放つ聖なる愛を身近に感じて生きている人が、たった一人や二人、あるいは一握りしかいなくとも、何百万もの人々に衝撃を与えることができるのでしょうか？

エイブラハム　ええ、できるとも。

ソースエネルギーとのつながりがある人は、つながりを持たない何百万人よりはるかにパワーがある。

けれども、純粋で高い波動のエネルギーを持っていたあなたの母親でさえ、なぜあなたに自分の存在を気づかせることができなかったかを理解しておくのは大事な点だ。

つまり、亡くなった母親は、毎日いつでも純粋でポジティブなエネルギーをあなたに注いでいたのに、あなたが母親からのメッセージを聞くには、あなたの波動を母親の波動とぴったり合わせる必要があった。

それは、相手がソースでも同じことだ。

ソースは大変高い波動を持っているが、ソースを感じ取るにはそれと同じぐらい高い波動に近づかなくてはならない。

ソースを実際に感じ取るまでは、ソースがどんなものなのか理解できない。私たちが伝えている言葉では、ソースは理解できないのだ。あなたが使う言葉でもソースを理解できる者は誰もいない。あなたがあの日、父親の墓前で経験した時のように、自分の心の中の抵抗感を解き放つ経験に代われるものは何もない。何が起こったかを表現するのに、この世の言葉では十分ではないのだ。

ウエイン　そのとおりです。

エイブラハム　自分の心の中の抵抗感を解放した瞬間、あなたはソースのエネルギーやあなたの父親と調和したのだよ。

ウエイン　あの経験は、私が多くの人に教えなくてはならない自分の使命だと思ってきました。

私がしたことは、許しであり、その許しが私の人生をがらりと変え、何百万もの人々に影響を与えてきました。

エイブラハム　（ふざけたように）でも、あなたがその許しに至るまで、時間がかなりかかったのはなぜかな？

誰もが自分が心地よく思えることだけを考えれば、心地よくなれるはずなのに。

だが、エスターも昔は、次のように言っていた。

「エイブラハム、あなたの言っていることは正しいわ。でも、望んでもいないことが実際に起こってしまったのよ。それでも起こったことを考えずにいなければならないの？」

だから私たちは、「心地いいことを考えれば心地いいことがたくさん起こるし、恐ろしいことを考えれば、自分が焦点を定めてしまった恐ろしいことが起こるのも間違いない」と説明したよ。

自分がどんな思考に焦点を定めるかについては、よく注意していなければならない。恐怖に感じるようなことを考えている時のあなたは、まるで崖に突き出た岩の端でソースとのつながりを失ったかのような気持ちでいるようなものなのだから。

もちろん、あなたがソースから完全に切り離されることはない。ソースはあなたを通じて「生きること」を感じ取り続けているのだから。

でも時々、ソースの波動を拒否するような波動を持ってしまうと、まるでソースから切り離されたように感じてしまうのだ。

すると、たくさんの気づきを逃したまま、数多くの出来事をやり過ごしてしまうことになる。

ウエイン　ソースエネルギーの波動に近い波動で生きる人ほど、家族や周りの人々に影響を与えることができるのですよね?

エイブラハム　ええ、できるとも。

ウエイン　それがあなた、エイブラハムのやっていることなんですよね。

エイブラハム　そうだ。

でも、それには人間の側にも準備が必要だ。周りに大きな影響を与えていく本人が私たちに近い波動を持っていなくてはならない。

ラジオを周波数98に合わせても、周波数101で放送されている番組は聞こえてこない。周波数はきちんと合わせる必要があるのだ。

人はしばしば、物事がうまくいかないと自分で自分を痛めつけるようなことをする。自虐的になるのだ。

でも、少しでも選ぼうとすれば、自分の波動をある程度コントロールして、いつでも自分の波動を選べるのだということを私たちは伝えたいと思っている。

だから、早朝、自分の思考の波動をソースに合わせることを勧めているのだ。

自分が心地よくなるような思考を、心の距離を置いて見出し、その状態を思考の流れに勢いがつくまで保つ方法を見つけなさい。

そうすれば、そのおかげで一日がどんなに違ってくるかに気がつくはずだ。

これを30日間続ければ、私たちが言っていることがわかるだろう。

エスターも昔は、次のように言っていた。
「エイブラハム、あなたの言っていることは正しいわ。
でも、望んでもいないことが実際に起こってしまったのよ。
それでも起こったことを考えずにいなければならないの？」
だから私たちは、
「心地いいことを考えれば心地いいことがたくさん起こるし、
恐ろしいことを考えれば、
恐ろしいことが起こるのも間違いない」と説明した。

11
ポジティブなことを口にしても効果がない時

ウエイン　眠りに落ちる前の5分間についてはどうでしょう？
　うとうとしている時に潜在意識にプログラムできると、私は人に語ってきました。眠る直前の5分間に、うまくいかなかったこと、どうすればあんなことが起こらないですむか、これじゃあうまくいかないよな、金銭的に厳しいな、体調もよくないし、などと考えていると、潜在意識にこうしたネガティブな考えがプログラムされてしまうのではないでしょうか？
　そうやって朝目を覚ますと、潜在意識に新たにプログラムされたとおりに宇宙が応えたことを経験することになるのではありませんか？

エイブラハム　そのとおりだと思うよ。

ウエイン　そこで、その就寝前の5分間をすべて、「私は○○だ」と宣言する時間にしたほうがいいと私は思うのですが。

「私は満足している」とか「私は○○だ」というように。

エイブラハム　けれども、大事なことがある。

もし大変な一日を過ごしたとしたら、そのあなたがその日の就寝前の5分間に、自分が心で思っていることとはまったく違うことを簡単に宣言できるだろうか？

というのも、宇宙が応えるのは、あなたの言葉ではなく、あなたの感情なのだ。

だから、いちばん心地よくなるタイミングは、その日の出来事への思考の流れの勢いが増した時より、夜が過ぎて勢いがゆるやかになる時だ。

ウエイン　なるほど。

エイブラハム　そうなのだ。

確かに、ポジティブなことを口にするのはいいことだ。しかし、ポジティブなことを考えるのさえつらくなる時がないだろうか？

人間はあたかも考えることで思考が生まれるかのように思い込んでいるが、本当は逆であり、思考があるから考えが生まれてくるものなのだ。

もし、ネガティブなことばかりが次々と浮かんでくる時には、できるだけ心の距離をとって物事をとらえるように努力することだ。

その出来事から一歩引いてみるのだ。

ウエイン　たとえば、ある人が8時間眠るとしたら、その8時間、人は潜在意識に抱えたままの思考でいっぱいになってしまうと思うのですが。

エイブラハム　そうとは限らない。

このことは、私たちが是非伝えたいと思っていることだ。

「引き寄せの法則」と「引き寄せの作用点」は、意識がない時には働いていないのだ。だから、人は目覚めるともう一度、薄れてしまった思考のくせ、信念、性格などに、自分で焦点を定め直すと言えるが、このことがわかっていれば、新たな道筋の思考の流れを呼び込むことができる。

かつて素晴らしい言葉を私たちにくれた人がいる。より高い波動で目覚め、その波動を一日保つことを意識的に実践し、成功し続けてきた人だ。その彼が60歳か70歳の誕生日の時に、私たちにこう言った。

「私は、あなたがたといつもつながっていられるように感じ始めました。時には落ち込むこともありますが、私はあなたがたとつながっているおかげで、バンジージャンプのひものようにまた上へと引き戻してもらえるようになったのです」

するとと、私たちはこう答えた。

「そのあなたこそ、私たちが言う、『見えないあなた』なのだ」

あなたがたは本来、そのつながりを持っている。純粋で、ポジティブなエネルギーとつながっているのだ。

けれども、あなたがたはバンジーのひもが限界まで伸び切ったところでとどまったまま、純粋な高い波動を感じない訓練を続けているようなものだ。

自分のためにならないような波動、本当の自分とは違う波動の中にぶら下がったままの状態なのだ。

けれども再び、ひもの弾力を取り戻して浮き上がるのはさほど難しいことではない。

ウエイン　本来の自分ではない波動に浸ってしまったまま戻れないのは、一種の条件反射のようなプロセスなのですか？

つまり、私たちは幼い頃から、あなたはこれができる、これはできない、これは可能で、これは不可能だと教えられて育ちます。

エイブラハム　そうだ。

それも本当の自分を知らない者から教えられるのだ。ずっと低い波動のロー・フライング・ディスクの上にいて、「人生には避けられはしない失敗がやってくるから準備しておくように」と思っている人たちから。

幼い頃は、そんな考え方など大嫌いだったはずだ。だから最初は抵抗したはずだ。

あなたの内なるソースは、本当のあなたを知っていて、それを常にあなたに思い出させようとするのだ。

だから、睡眠中のあなたは3時13分に目を覚まし、本当のあなたを思い出させるような思考のいくつかを感じ取ろうとしているのだ。

The Teachings of ABRAHAM®

ポジティブなことを口にするのはいいことだ。
しかし、ポジティブなことを考えるのさえ
つらくなる時がないだろうか？
人間はあたかも考えることで思考が生まれるかのように
思い込んでいるが、本当は逆であり、
思考があるから考えが生まれてくるものなのだ。

12 子どもは親に教えるためにやってくる

ウエイン　ウィリアム・ワーズワースの詩に「私たちの誕生はただ眠りと忘却にすぎない。……私たちが幼い時、天国は自分の周りにあった」というようなフレーズがあります。

エイブラハム　忘却といっても、詳細を思い出せないという意味だ。それでも、自分という存在の貴重さは忘れていない。自分自身の価値も。自分が目的を持って生まれ落ちたことも覚えている。だから、自分の目的と反することを人から言われるとすぐに、自分にはいらないな、と思えるのだ。思い出さないように周りから何度も何度も訓練されても、それでもあなたにはすぐに記憶がよみがえる。

本当の自分を思い出すよう、明日の朝から始めよう。

ウエイン　そうですね。でも、どんな親子にも言えることですが、子どもに「これはやっちゃダメ」「あれはダメ」と、どれだけしつけをしているんだろうと……。

エイブラハム　私たちが親の立場にいる人に1つ勧められるとしたら、「自分の感情のディスクをきちんと意識して選びなさい」ということだろう。

まずは本当の自分と調和のとれた感情のディスクを選んでから、子どもに話しかけることだ。

自分の目の前にぶら下がっている課題を感情のディスクを選んでしまった理由にしてしまったり、子どもがいたずらをするから、言うことを聞かないから、自分がこんな気持ちになるのだとは思わないようにしよう。

自分が望まないものをただ目にしているだけでも、望まない感情のディスクを選んでしまうことになる。そのせいで、一生憎しみを抱えたまま過ごしてしまう人もいる。

なんといってもあなたは心地よくありたいのだから。けれども、自分が焦点を定める感情のディスクは、選ぼうと思えば選べるのだ。

そしてあなたが心地よければ、インスピレーションに満ちた言葉が浮かんでくる。

他人にも、他人の「内なる存在」があることを忘れないように。

あなたの「内なる存在」は、あなたが求めるものすべてを知っている。あなたの「内なる存在」には、現実を創り上げる波動が渦巻いているのだ。
「内なる存在」は、あなたが求めるものも、自分が求めるものとの間のどこに自分が今いるのかもすべてを知っているのだ。
そして、あなたが望むものを最も自然に手にする道筋も知っている。
だから、最も自然で抵抗のない道を敷く訓練を始めれば、他の人も導いていける。

ウエイン　「内なる存在」は赤ん坊からも感じ取れますか？
赤ん坊から学び取ることはできますか？

エイブラハム　できる。赤ん坊と時を過ごせばわかる。赤ん坊は知っている。

ウエイン　ええ。私は最近、ジェシーという子とたくさんの時間を過ごしています。
ジェシーはわずか2歳なのに……。

エイブラハム　彼の知恵を感じることができるだろう？

ウエイン　なんと！　そうなんです！

エイブラハム　彼の知恵、彼の愛。

ウエイン　私は単にその子と一緒にいるのが大好きなだけなのです。

プールに連れていった私は、彼をじっと見つめて、神について尋ねました。ソースエネルギーについても。もっともっと教えてほしいと頼みました。

エイブラハム　すると赤ん坊は、こう言ったはずだ。

「何だか大げさだなあ」、それに「今はまだ考えたくないことを考えさせないで」。

「僕は生まれたばかりだけど、今のところ生まれてきたことを気に入っているよ」

「生まれてきたことを、みんなが僕と同じように感じてほしいなあ」

それから、「ソースのエネルギーと調和したまま、ずっと自分の人生を経験して日々を過ごしたいんだ」

「君みたいな人と出会えるなんて面白いな。ソースとまたつながっているんだもの。だから、僕には君が心地よく思えるんだね。他の人とは違うみたい。だから僕が君にひかれるんだ」とね。

ウエイン　エイブラハム、驚きました。なにせ私がジェシーに初めて会ったのは、生後5、6カ月のことでしたが、私は以前からその子を知っている気がしたのです。その赤ん坊がかわいかったからだけではありません。私は彼に、子どもの頃の自分の姿を見たのです。

エイブラハム　ソースと調和している赤ん坊の波動に共鳴した自分を感じたのだろう。つまり彼が、調和した波動をあなたに流し込み、刺激し、あなたのスイッチを入れたのだ。赤ん坊はまだ、ソースから切り離されてない。まだソースとつながったままなのだ。

ウエイン　赤ん坊のおかげで、私はたくさんの喜びを味わえるのです。こうして彼のことを思い出し、あの小さな顔を思い浮かべ、どうやって笑わせようかと考えるだけで、私に喜びが生まれます。

エイブラハム　この世に新たな命が誕生することは世に大きな価値をもたらす。あなたはきっと、自分は赤ん坊に何かを教えるためにここにいると思っているかもしれないが、実際は、赤ん坊があなたに教えるためにあなたのもとにやってくる。あなたに教えを授けてくれる。

動物もまた、あなたにハイ・フライング（高い周波数）で回るディスクについての教えを授けてくれる。

赤ん坊や動物は、「台無しにしないでくれ」と訴えているんだ。

ウエイン　ということは、私たちは台無しにしてしまっているということですか？

エイブラハム　あなたにはそんなつもりはなくともね。

そうしなくてもいいのに事を台無しにしてしまうのは、あなたが不快な気持ちになっている時だ。

あなたが本当のあなたの波動から外れてしまうと、あなたはソースから切り離された感覚に襲われる。

今後はソースとのつながりが切れることはないと思えば、安心できるようになれる。

ソースとのつながりを切らないでいられるように訓練したいのなら、もっと自分にとって抵抗のない道を選び、もっと物事を少し距離を置いたところから俯瞰《ふかん》図でとらえられるようになることだ。そして、身の回りに起こる出来事がどんな仕組みで起こっているかに気づきを得ることだ。

ウエイン　それは、どういう意味でしょう?

エイブラハム　たとえば、あなたの父親の墓で本当の自分と再びつながりが持てた以前の自分に戻ってみる。あなたが、何もいいことをしてくれなかった父親を、父親失格だとばかり思っていた頃に。

自分の気持ちは、何より自分をむしばむ。

切り離されていると、とても強く感じる。

自分が切り離されていると思っても、あなたには起こった事実も変えられない。

父親について自分が耳にした話の筋を変えることなどできないから、自分の気持ちなど変えようがないように思える。

あなたの中には思考が激しい勢いで流れているが、自分ではそんな心の状態でいたくはない。

いちばん大事だと思っている主題を変え、考えるべき対象を変えて、もっと心地よくいられる物事を考えればよさそうなのに、親子の間の感情のもつれといったような重要な問題では、同じようなことがよく起こる。

自分の周りの親子連れを見かけると、自分の経験を思い出してしまう。

本当はもっと自然に心が慰められる道筋を見出すほうが大事なのに、「自分たちを置いて出ていった人など信じられるものか。いったいどうすれば自分たちを残して家を出ていけるんだ」などと口にしたりする。

すると、そんな思考が、ネガティブな思考の流れをますます強化する。

「父さんは、僕たちを振り返りさえしなかったんだ。父さんは僕が生きているかどうかさえ知らなかった。僕のことなどまったく気にかけてもいなかったはずだ。確かに、人の心配なんかする人じゃなかった。母さんのことだって、心配などしていなかった」

ネガティブな思考の流れは、さらにスピードを増していく。

こんなことを考えれば考えるほど、ますます勢いを増したネガティブな思考のせいで、あなたは不快な気分になる。

ネガティブな思考の流れの勢いが増しても、やがてはそれに耐えられるようになるから、長期間本当の自分から切り離されたままでいられるようになる。

けれども、ふと、「このままでいたくない」とあなたは気がつく。ひょっとしたら、私たちのような存在からの声があなたの耳に届いたのかもしれない。

そこで、あなたは自分自身にこう言うのだ。

「父さんとの問題で自分が嫌な気分にならないようになりたいだけだ。本当は父さんがどう思っていたかなんて、僕は知らないじゃないか。父さんの人生に実際何が起こったのか、僕は知らない。父さんがどう感じていたのか、僕に教えてくれる人がいたわけでもないし。

父さんも心がぼろぼろになっていたのかもしれない。

僕たちに与えられるものが、自分には何もないような気持ちになっていたのかもしれない。

父さんは、自分がいないほうが僕たちが幸せに暮らせると感じていたのかもしれない。父さんが本当のところどう感じていたか、僕は知らないんだ。

父さんがいたから、僕はこの時間と空間のある現実の世界に生まれてこられたんだ。そのことに感謝するよ。おかげでたくさんの対比を経験できたし、それは僕の役に立っている。

心の中の父さんとのことを解放して、ほっとした気持ちに変われたことは、僕にとってとても大事な経験だ。だから、父さんがソースに嫌われてしまうなんて思えない」

ウエイン　そう思います。

エイブラハム　そして次のようにも考えられるはずだ。

「ソースは、お父さんの欠点に焦点を定めたりはしないと僕は信じている。ああ、だから僕はずっと嫌な気分だったんだ。だって、僕は父さんに関して、ソースとまったく違う見解を持っていたんだから」

ウエイン　私がこの体から離れた時には、何が起こるのでしょう?

エイブラハム　その時、ソースにはすべてがあることがわかるだろう。

ウエイン　父は?　父は、そこにいるのでしょうか?

エイブラハム　父親はそこにいるよ。おお、まさにそこにいるよ。そしてあれこれいちいち事情を説明してなどいない。

結論を急ぎすぎないように。物事のとらえ方に終わりなどない。すべてはずっと続いているのだ。物事のすべてを理解するなんてことはあり得ない。ただ「引き寄せの法則」に従って起こることを経験していれば、あなたにもう少し物事の詳細がわかってくる。

ウエイン　相反するものすべてや父に対する怒りを経験しないと、今ここに私は……たどり着けなかったのでしょうか?

エイブラハム　その必要はなかったが、自分で経験しないでおくこともあなたは望んではいなかった。

あなたはこう言ったのだ。

「次に進もう。自分に起こったことを理解しよう。私は教師だ。だからたくさんの人に教えを授けるんだ。やわらかい巣のような場所に生まれ落ちたり、高い波動のハイ・フライング・ディスクに乗れないでいる人がほとんどなのだから。

僕は人に教える立場にいる人間なのだから、そういう人たちの助けになる本を書きたい。僕は、自分が知らないことなど書けないんだ」

ネガティブな思考の流れの勢いが増しても、
やがてそれに耐えられるようになるから、
長く本当の自分から切り離されたままで
いられるようになる。
けれども、あなたはふと、
「このままでいたくない」と気がつく。
ひょっとしたら、私たちのような存在からの声が
あなたの耳に届いたのかもしれない。

13 正しい方向にいる時は、いつでも心地いい

ウエイン　エイブラハム、私は今、あなたが想像もつかないほどあなたに感動しています。なぜなら私はまさに、『今ならはっきりとわかる（I CAN SEE CLEARLY NOW：未邦訳）』という本を執筆中なのです。

エイブラハム　明晰さというのは、エスターが最近好んで使う言葉だ。周波数の高いハイ・フライング・ディスクにいる時は、何より明晰さを感じるからだ。頭脳がクリアなのは何とも心地よく、何をすべきかが確信を持って自分でわかることでもある。その本のタイトルは、「今ならはっきりとわかる」だったかな？

ウエイン　同じタイトルの歌もあります。

エイブラハム　「はっきりとわかる」とは次のようなことだ。

「私はこの肉体に宿る以前に知っていたことをすべて思い出して、ある特徴を持つこの肉体をみずから選んで生まれてきただけでないことがわかる。

自分の周りには、みずからが放つ波動が渦巻いていて、人生でさまざまなことを比べながら経験してきたおかげで、これまで長い間目に見えていなかった「ヴォルテックス（渦）」に経験したものすべてを巻き込むことができるようになる。

今や、自分の「ヴォルテックス」に取り入れた事柄と自分の波動は一致し、自分で創り上げた素晴らしい世界が生まれる。

20回も30回も生まれ落ち、忙しく人生を送りながら、自分のヴォルテックスに十分なものを詰め込んだ私は、そのすべてをみずから望んで取り入れたのだ。

私には世界がどこへ進んでいるのかがわかる。

誰だって、自分の世界を創り上げる能力を持っているのもわかる。

もはや誰も不快な気分や孤独を感じたままでいる必要がないこともわかる。

そんな理由など、どこにもないのだ。

ソースはいつだって私たちのすぐそばで、私たちに向かってはっきりとささやきかけている。私たちがなすべきことは、少しだけ耳を傾けさえすればいい」

ウエイン　そのことをお尋ねしようと思っていたのですが。

私は、『今ならはっきりとわかる』を書き終えたところですが、58章、各章をある筋で書いていると、突然話が横にそれてしまったり、あるいは元に戻ったりしてしまうのです。

最初に出版した著作では、「魂」「神」「意識」などといった言葉は一切使っていません。より高い意識などについて一言も触れていないのです。私が書いたのは心理学などの本でした。

エイブラハム　読者のほうが、まだその段階になかったのだ。

ウエイン　そして、『小さな自分で一生を終わるな！』（渡部昇一訳　三笠書房）という本を書きました。

その本の目次を見直してみると、スピリチュアルな内容を39カ所もで扱っていました。

次に書いた本にはタイトルそのものにスピリチュアルな言葉を使うようになり、やがて人々にスピリチュアルについて語るようになったのです。

こうした私の経緯には、何らかの力が働いているのでしょうか？

というのは、ある日、ロングアイランドで高速道路を運転していた時に、劇的な変化を経験したのです。

父の墓を訪れた直後の1976年当時、私は大学で教鞭を執っていました。

そして、ライという街を通り過ぎようとして、突然道端に車を停めました。何とも抵抗しがたい感覚に襲われたのです。

私はまもなく勤めていた大学で教授になるはずでした。大学教授になりたいという人がたくさんいました。その地位が手に入れば、残りの人生、その大学に勤め続けられることになりますから。大学の研究室で、それまで自分が6年間やってきたことを繰り返しながら、教授の椅子に座り続けられる保証が得られるのです。

けれども、私には急にそれが怖くなったのです。

大学教授への道を断とうなんて、なぜ思うのだろう？　教授の地位をつかむのは容易なことでないのに。私は大学教授になろうとしていたのですから。身分が保証された仕事を手にしようとしていたのです。

けれども、車を停めた私には抵抗しがたい感情が湧き上がりました。

私の顔は真っ赤になり、家族に電話をすることもなく、そのまま大学まで車を走らせて学長室に行きました。

そして、サラ・ファスンマイヤーという学長に向かって次のように言いました。

「ファスンマイヤー博士、この学期で最後にさせてください」

当時『自分のための人生』（渡部昇一訳　三笠書房）を執筆中だった私は、その本を取り出してこう言ったのです。

「このまま続けていくことはできません」

この出来事については、自著『今ならはっきりとわかる』にも書きました。

私が目覚めた、力に満ちた瞬間でした。

あのパワーはソースエネルギーだったのでしょうか？　あれは何だったのでしょうか？

あの瞬間以来、人から雇われることで得られる利点をすべて捨て去りました。

エイブラハム　あなたは、縛られることをやめたのだ。

ウエイン　そうです。そのとおりです。
私は人から縛られないと決意してから1年で、それまでの36年間にまさる収入を得ました。決意した後に起きたことの1つにすぎませんが。

エイブラハム　まさに、それが私たちが言った、「あなたが望むものはすべてあなたの波動で現実となる」という意味だ。

私たちが「あなたのヴォルテックス」と呼ぶものが起こったのだ。

そして、あなたの内なるソースはすべてがどこにあるのか、そこにたどり着くのに最も抵抗のない道がどう敷かれるかも知っている。

けれども目的地にたどり着けるかどうかという結果だけが重要なのではなく、結果にたどり着くまでの道のりはいつもとても楽しいものだ。

あなたが肉体に宿った時すでに、私たちが言ったように健康で豊かになる道筋があったのだ。それを最も障害の少ない道筋と呼ぶことにしよう。簡単で、楽しく、祝福がもたらされる、喜びに満ちた道筋だ。

だが世間では、最も障害のない道筋をたどるという考え方は好まれず、そんな道を選ぶ人はただの怠け者だと見なされる。

そこで、あなたは少しだけ他のことで社会に貢献しようとする。そして自分が持っているすべてを捧げてしまうのだ。

ところが、こうしている間にも自分にとって自然な道があなたを呼ぶのを感じる。そして結局は、いつでも、どんな時でも、本当の自分らしさへと向かう道に進むことになるのだ。

人はゆったりとした気持ちで本来の健康と豊かさを取り戻すまでに、どうしてそんなに時間がかかるのだろう？

それは、内なるソースの知恵に耳を貸す代わりに、自分にとって喜ばしいことを次々とあげつらう他人の声を聞いてしまうからだ。

ウエイン　私の心の琴線に触れたあなたの言葉があります。

あなたが、私は教師だと言ったことです。

これまでに5、6回は言われたと思いますが、それからずっと私の中で何度も「私は教師だ」という言葉が鳴り響いています。

「私は人に雇われているわけでも、こちらに行くべきだ、こうするべきだと人から指示される存在でもない」と。

エイブラハム　あなたは次のように思ったのだろう。

「私は、ソースエネルギーの延長の存在だ。自分がソースから切り離されたと感じることなく、本当の自分と調和する波動の周波数を保つ訓練をしている存在だ。

自分の感情を大事にしているから、今ではどうすれば自分が心地よくいられるか、すぐにわかる。だから、いつも私は、自分の敷いた道に沿って進んでいるのだ」（エイブラハムが聴衆に向かって）そしてこの本が、あなたがたもあなた本来の道へと導いてくれるだろう。

ウエイン　自分が心地いいと感じることを選ぶと、時々、より安全なほう、簡単なほうを選んだと混同されることがあります。

そんなふうに混同されると、私はとても心地よくないのです。

エイブラハム　恐れたり、危険を感じたりするより、安全なほうが心地いい。

それも正しい方向へと進んでいるかどうかの1つの指標だ。

けれども、安全だからといって、いつまでもその場所にとどまっていたいとは思わないだろう。

というのも、あなたには次々と波動が伝わり、似通った波動を持つ人や事柄が目の前に現れてくる。つまり、あなたが自分で敷いて進む道なのだ。

そして、あなたには一歩一歩進むあなたを導いてくれる、ソースエネルギーがあるのだ。

だから、自分が心地いいと感じたら、その道を進みなさい。

安全だからといって、
いつまでもその場所にとどまっていたいとは
思わないだろう。
というのも、あなたには次々と波動が伝わり、
似通った波動を持つ人や事柄が目の前に現れてくる。
つまり、あなたが自分で敷いて進む道なのだ。

14

私たちの選択は運命によるものか？

ウエイン　私にはカール・ユングという偉大な人生の師がいます。

以前、カール・ユングの精神理論の分析家になろうと学んだことがありますが、ユングは次のように言っています。

「自分がみずからの人生の主役になると同時に、みずから選択をするようになり、するとその瞬間、もっと大きな舞台での端役やエキストラとなる」

また、次のようにも述べています。

「人は皆、選択をしていかなくてはならない運命にある」

この2つの言葉はとても対照的な響きがするのですが、もし、決められた運命にあるのなら、どう選択できるのでしょう？

つまり、肉体を持つ私たちには運命というものがあります。

たとえば、エスターは女性に生まれ、ある身長、ある髪の色の姿をしています。

私といえば、185センチほどの男性の体を持ち、その体には髪は抜け落ちているのに耳の毛は伸びるなどというおかしなことが起こっていても、私にはそれを見守るしかありません。

でも同時に、私はこの体でいろいろなことを選ぶこともできます。体にいいものを食べ、運動をしたり、その他の経験もできます。

つまり、ある定められた運命の中で選択をしていることになります。

そこで、肉体ではなく精神はどんな選択をしているのですか？

エイブラハム　そうだね。

今現在、高い波動のハイ・フライング・ディスクにいない人が、自分はどういう存在かを説明しようとして、人には定められた運命があるなどという言葉を使う理由は、私たちにも理解できるよ。

ウエイン　そうですか。ユングは、そんな意味で言ったのではないと思うのですが……。

エイブラハム　ユングは、自分でも望まない選択肢があると言っているのだ。

しかし、もうわかってきただろうが、長い長い時間をかけて、人生の細部が変化していく中で、次々と自分の好みが生まれ、本当の自分の姿も自分の望みもどんどん明確になってくる。

私たちがあなたと出会うのも、そんなタイミングなのだ。

自分で自分の現実をもっとコントロールしたいと思い始めているからだ。

ただ、どうやればコントロールできるかを知らないだけだ。

私たちが最近になって、肉体を持つあなたがたを友として新たな対話を始めた理由は、肉体に宿ったあなたがたには、見えない世界の私たちからすれば、私たちの世界より豊富にある多様性とその違いを経験しようという意志があったはずだとわかってほしいからだ。

この時間と空間という制限のある現実世界に互いに比べるものがあるからこそ、どう進化していきたいかという望みが詳細になる。あらゆる種の進化は、対比をどう経験するかにかかっている。

ところが、人間は多くの場合、違いを経験するうちに、「いいことが起こった」「悪いことが起こった」と比較するだけで、やがてみんながあることに対して同じように感じるべきだと信じるようになる。

けれども、それではあなたがたが肉体に宿った時の意図を忘れて人生を台無しにしてしまっていることになる。

そんなふうに比較している間に、あなたの内に「自分には足りないものがある」という意識が生まれ、世界を創り上げるエネルギーをうまく利用したり、この人生を大事にしたりせず、肉体に宿った人生を台無しにするような争いを繰り広げるだけになってしまう。

自分で心地よさを感じられないと、これが正しい生き方だと努力して選んで経験したことを他人と比較したり、評価したくなる気持ちは理解できる。

けれども、あなたがたは波動の存在だということを受け入れてほしい。

自分は肉体に宿るソースエネルギーの存在だと認め、自ら波動を放っているのだ、その波動に「引き寄せの法則」が応えているのだと受け入れてみよう。

肉体に宿り、この世に生まれ落ちた時のみずからの意図を元の軌道に戻すために、「内なる感情というナビゲーションシステム」に焦点を定めて、ソースと自分自身のとらえ方を受け入れてみよう。

そうなると自分が、まるでソースエネルギーによってこう生きるべきだとすでに決められてしまっている操り人形のように感じてしまうかもしれないが、そういうことを言うつもりはない。

あなたが物質世界でさまざまな違いを経験しながら変化していけば、あなたはどんどん大きくなり、それにともなって内なる存在の波動も広がっていくのだ。

だから、自分がどう感じているかを意識し、心地いいものと調和を図れば、今ここからあなたは大きく広がり始める。

すると、まず物事が明確に見え始める。

どちらへ進めばいいかがはっきりわかる。

なすべきことと、そうでないことがクリアにわかる。

どんな会話を交わすべきかもわかる。

何に投資すればいいか、誰と結婚すべきかが明確になる。

明晰さこそ大事なポイントだ。

なぜなら、本当のあなたの持つより広い視点は、あなたのすべてがわかっていて、とても強固で明晰な見解を持ち合わせているからだ。

でも、「感情というナビゲーションシステム」の声に気づけるようになりたいと心から思うのであれば、ソースエネルギーの波動にチューニングできるよう訓練する必要がある。

そうできなければ、本当に惨めな結果になるだろう。なぜなら、あなたは自分が望まないものばかりに囲まれることになるからだ。「こっちに進め」「こっちに進め」「こっちに進め」「こっちに進め」と周りから言われ続けることになる。

自分がどう感じているかを意識し、
心地いいものと調和を図れば、
今ここからあなたは大きく広がり始める。
すると、まず物事が明確に見え始める。
どちらへ進めばいいかがはっきりわかる。
なすべきことと、そうでないことがクリアにわかる。
どんな会話を交わすべきかもわかる。
何に投資すればいいか、誰と結婚すべきかが明確になる。

15

導く声が鮮明に聞こえるようになる時

ウエイン　もし、たとえば自分は芸術家になるために生まれてきたなどと自分で知っているとしたら、自分のダルマ（訳注：仏教用語で「自分にとって正しい行い」）、自分の運命、なすべき重要な役割があることになります。

それは私にとって、教師になることでした。作家になることでもありました。たとえ何があってもやるべきことがあると思えるのです。

エイブラハム　あなたにとって、それは、人々の意識を高めること。そして、人々があなたを見つけられるような灯台守となることだ。

ウエイン　けれども、私が本来の道からそれてしまった時やそこから離れてしまった時には、最も深遠な変化が訪れました。それは、私の人生がどん底の時でもありました。

エイブラハム　もちろん、そうだ。

自分が嫌なものがわからなければ、自分が望むものもわからないからね。

そして、好き嫌いがはっきりすると、その好き嫌いの対比を経験したことから大きなロケットが発射されることになる。あなたの「感情というナビゲーションシステム」が作動し、あなたが自分の道から外れているかいないかを知らせてくれる。

ウエイン　そのソースエネルギーは、自分が望めばプログラムするように自分に取り込むことができますか？

望んで取り込まれるものとは、今世で成し遂げるはずのことなのですか？

成し遂げるという表現が正しいかどうかわからずに言葉にしたのですが……。

エイブラハム　そんなものではない。

あなたは、自由と成長、そして喜びのために生まれたのだ。

ウエイン　もし、その道、自由と成長や喜びを感じる道から外れてしまったら？

エイブラハム　それは、よくないね。

ウエイン　そうですよね。でも、ある時期に聖なる導きが自分の人生に現れて、「さあ……」と進むべき道が示されて歩み始めるのですか?

エイブラハム　聖なる導きは、常にあなたの人生にある。

聖なる導きが消えることなどない。

あなたがたが対比するものを経験すると、導く声がより鮮明に聞こえるようになるだけだ。

エスターも、ジェリーがこの世を去り、気分がすぐれずにいた時には、聖なる導きと調和するのは無理だと感じていたよ。

初めは悲惨な状態だったが、今ではエスターにとって経験に値した出来事となっている。

ウエイン　そうですね。

私がニューヨークタイムズ紙のインタビューを受けた時に、アーサー・ミラーが同席していました。アーサー・ミラーといえば、偉大な劇作家であり、『セールスマンの死』『るつぼ』などの作品が多くの人に知られています。

当時、アーサー・ミラーは90歳ぐらいでした。彼はインタビュアーから、「次の作品に取り組む予定は?」と尋ねられました。その時の答えが私には忘れられません。なるほど、と思えたのです。

「わかりませんが、きっと書くことになるでしょうね」というのが彼の答えでした。

私が思うに、人生には自分がプレーしているチェッカーの駒が自分の意思とは無関係に勝手に動くようなことがあるのでしょう。

エイブラハム　そうだね。というのは次のようになっているからだよ。

人生を生きれば、あなたは何かを求め続ける。あなたがあるものを求めれば、その望みや好みをもとに、それまであなたが触れたことのない波動が現実化していく。

そう、だから、アーサー・ミラーは劇を作り続けるだろう。これから作られる劇はすでに現実に波動として、そのインタビューの場に存在していたのだから。

自分がどれだけ疲れ果てているか、どれだけ自分の作品が不当に扱われているかなどということを語るのはやめてぐっすり眠れば、目が覚めた時にあるアイディアとインスピレーションを得て、彼はまた次の劇にとりかかるだろう。

ウエイン　それは、まさに私が最新刊を書いていた時と同じです。6月26日、私は自分の子どもたちに、もう本は書かないと宣言しました。もう書かない。もう十分に書いたのだと。もう自分を証明する必要もない。すでに40冊の本などを仕上げたのだからと。

そして、次の日の6月27日、目を覚ました私は本を書いていました。それから5か月間、私は朝、昼、晩と、首の骨がずれてしまうまで原稿を書き続けていたのです。ということは、私は本を書くのをやめられなかったのです。

エイブラハム　20回も30回もの人生を忙しく送ったのだから、あなたのヴォルテックスには十分なものが詰まっていると自分できちんと認めさえすればいいのだ。

そして、自分が楽しんでいる限り書き続ければいい。

それが大事な点ではないか？

ウエイン　そうです。楽しいのです。エイブラハム、あなたとともにいる時と同じような喜びを本を書いている時に感じるのです。

人生を生きれば、あなたは何かを求め続ける。
あなたがあるものを求めれば、
その望みや好みをもとに、
それまであなたが触れたことのない波動が
現実化していく。

16 障害を乗り越える必要性とは

ウエイン　私は、聖なる導きや自分の人生ではっきりわかるようになったことについて考えていたのですが……。

一歩引いて物事を見つめることで、しかるべき時にしかるべき人が目の前に現れたことや、そこにいつも聖なる導きがあったと気がつくまでに、それこそ長い年月と時間をかけてたくさんの経験を重ねてきました。

それには、聖なる導きの声に喜んで耳を傾ける姿勢と、自分自身の人生の目的を他人から押し付けられない決意といったものが必要です。

ステージ裏で私はエスターに、今日の午後、スティーブ・ジョブズの生涯を描いた映画を観た話をしていました。

ジョブズは、多くの人に暴言を浴びせていた一方で、彼の中には業界の進むべき方向や企業の経営理念に絶対的な確信があったのです。

エイブラハム　彼は、かなりのストレスを抱えていた。

というのも、自分がソースと調和しているとわかっていても、周りの人間が彼の言葉を聞ける状況になかったため、彼らを説得することができなかったのだ。

ウエイン　私たちにも、人間関係などで同様のことが起こることがあります。

私も長い年月を過ごしてきた妻と、13年前に別れました。私の人生の中でも最も大変な時期で、うつになりかけたほどでした。

正しい方向へと変化をしたり態度を変えたりすることは、いつも自分にとっていいことのような匂いがしたり、そう見えたり、感じたりするような事柄だけではないように思えます。

時には大きな障害となって立ちふさがることがあります。

それでも、恐れることなく……。

エイブラハム　そうだね。

「ネガティブな感情に耐えるのがほとほと嫌になったら、ずっと人生が好転するのに」と、あなたがたみんなをからかいたくもなるよ。

なにせみんな、ソースと調和していない状況にいかに耐えるかを訓練しているのだから。そして、自分で何を言っているのかがよくわからないままに決断を下す。その状態をしばらく続け、やがて不快な気分に飽き飽きするのだ。

こんなことが、先ほどのあなたの父親との話でも、ジェリーが見えない世界へ移った時にエスターに起こった感情にも当てはまる。何も難しい話ではない。

だが、心地の悪い流れに乗らずにもっと他の方法があったのではないかと気がつく前に、あなたがたは自分の気持ちをさっさと切りかえて心や思考を解放するべきだとも、私たちは思っていない。

ウエイン つまり、やがては困難に感謝するような気持ちにさえなる、ということですか？

エイブラハム 感謝の気持ちがあれば、すべてに心を配れるようになるだろう。

なぜなら感謝の気持ちは、内なるソースがすべてに対して常に感じていることだからだ。

だから、感謝をしていれば、いつも、いつだって、ソースと調和していることになる。

ウエイン 自分を憐れむより感謝を感じ始め、他人にもっと心を寄せられる人間になれたのは、私が絶望を感じた時があったからです。

以来、私の文章にまったく新たな趣《おもむき》が加わりました。

実際、私が『思い通りに生きる人の引き寄せの法則』（柳町茂一訳　ダイヤモンド社）を執筆していた当時、内容の約半分はあなた、エイブラハムの教えに衝撃を得た内容でしたし、私は絶望し続けることはしない、と心に深く刻んだことを本の随所に書きました。

人間関係、自分がいる場所、仕事など、どこを見渡しても絶望しかないと思った時、自分は変化しなくてはならない、絶望から抜け出して先に進まなくてはならない、とわかっていても危険を感じてしまうのです……。


エイブラハム　けれども、今や自分がどうしてそう感じてしまうのか、自分の感情と思考の相関関係を理解したのだから、自分が抱えている思考を変えることで自分の感じ方も変えられるのだ。

そうすると、身の回りで起こる出来事も変わる。

すると、あなたは凝り固まったものから解放され、走り出すのだ。

自分の思考を意識する訓練をすればいいだけだ。

考えてから感じる。考えて感じるのだ。

ウエイン　それは、それまでとはまったく異なる環境で、まったく異なる人々が目の前に現れるようなことですね。

それをカール・ユングは「シンクロニシティ」と呼んでいます。

エイブラハム　どんな人と出会うのかは、あなたがどんなディスクにいるかによる。

あなたが、怒りっぽいディスクの上にいれば、腹を立ててばかりの人が目の前に現れる。高い波動を保ったハイ・フライング・ディスクにいるのなら、同じディスクにいる人が現れるし、自分を憐れむディスクの上にいれば、そんな人たちが目の前に現れるのだ。「引き寄せの法則」が間違えることはない。

ウエイン　では、つまらない考えをやめれば、より賢い人を神がつかわしてくれるとか？

エイブラハム　こういうことだよ。つまり、あなたは欲しくないものがわかるから、欲しいものがわかるようになっているのだ。

今はまだ、自分が何を欲しいかがはっきりわかるほど訓練できてない。

まさに自分が欲するものがわかりかけたばかりかもしれない。

今のところは、あなたの中では「欲しくない」ものの波動のほうがずっと強いままだ。自分が欲するものに対してまったく異なった考えを急に持てるかとなると、それは論理的ではない。

なぜなら、これまでとまったく異なる思考パターンがあなたの中にまだないからだ。

そこで、まずは自分が欲しくないものを頭に浮かべてから、自分が欲するものを欲しい、と思うロケットを打ち上げるプロセスを何度も何度も繰り返していくと、そのうち自分が欲するものと現実に経験していることの間には大きなギャップがあることがわかってくる。自分が経験するようになることと、自分の中に生まれた新たな波動には隔たりがあるのだ。

時に、現実的な人生には限界があるとか、足りないものがあるとかなどという思考が頭の中になくなった瞬間、ある欲求が湧き上がることがあるが、その欲求がとても強くなると、本当の自分の姿が垣間見えてくる。

内なる存在は、常にそばで大きく成長し続ける本当の自分の姿をあなたが探し出せるよう、いつも光を当ててくれると伝えたいのだ。

だから、たとえばあなたにたくさんの友人がいるとしたら、友人はそれぞれ自身が感じたものを映し出した場所にいるし、あなただってそうだ。

時には、ある友人と気分よく出かけられることもあるだろうが、大概そうはいかない。そんな時、自分の「感情というナビゲーションシステム」が理解でき始める。そして、自分の感情に心を配れるようになる。

目を覚まし、意識して心地よくなることを考え、そして次々と心地いい考えが浮かんでくるまで集中する。

やがて、いつも心地いい状態にいられるようになる。

すると、たとえ友人にはアップダウンがあってそれを繰り返してばかりでも、あなたはいつでも心地よくいられるようになるのだ。そしてあなたと会った友人は、自分を理解するため、あなたの手助けを受け入れやすい気持ちになる。

常に高い波動を保つということ、それが「内なる存在」がずっとなそうとしていることなのだ。

あなたが「あっ！」という不思議なひらめきを感じるアハ体験と出合って、それと気づくのは、「内なる存在」がいつそれを経験することになっているかを知っているからだ。

あなたは「内なる存在」と調和した時にそれとわかるのだ。

意識が生まれるのは、あなたが実際、自分の人生で体験したことを通してなのだ。

言葉だけでは、事の本質を教わることはできない。

「ネガティブな感情に耐えるのが
ほとほと嫌になったら、
ずっと人生が好転するのに」と、
あなたがたみんなをからかいたくなる。

17 よくないニュースを目にしたら

ウエイン　テレビを観ていると、よくないニュースばかり流れているように思えます……。

エイブラハム　あなた自身がよくないニュースを受け取るディスクにいれば、そうなる。

ウエイン　私はとりわけこの数年間、「もともとすべてはひとつだ」というワンネスの意識を持った生活を送り、聖なる愛と思うものと身近になるにつれ、ニュースや他人の不幸な話に興味を持てなくなってしまいました。

フィリピンで起こった大惨事だけでも、約1万人の人が亡くなりました。

けれども、世界中で起こっている暴力など恐ろしい事件をずっと観ていると……。

エイブラハム　世界で起こった暴力的事件や恐怖に満ちた出来事を観ているだけで、自分の中にもその波動が生まれていることに多くの人が気づいていない。

そして、自分の中にそうした波動が生まれれば、同じような出来事にさらに出くわしてしまうのだ。

恐ろしいことを自分が目にしたからといって、あなたがすぐに似たようなことに出合うことになるわけではないが、あなたの意識にはそれと似たような経験が入り込んできやすくなり、「幸せ」を感じる感覚が止まってしまう。

こんなふうに言うと、「世界で起こっていることの真相を確かめようともせず、見なかったことにするのですか」と訴える者もいる。

私たちだったら、自分が目にするものをふるいにかけるだろう、と言っているのだ。

私たちだったら、世の中をできるだけソースの視点からとらえようするだろう。ソースは広がり続けること、望ましいことを見つめているからだ。

あなたがこれが望ましいと思ったら、ソースも同じ方向を見つめている。

そして、あなたがソースの見ている方向と逆の方向を見つめれば、あなたはソースから離れていく。

疑問の持つ波動と、答えの持つ波動は、まったく違う。

また同様に、問題と解決の持つ波動もまったく異なる。

ソースは常に解決の波動を持っているから、あなたにその波動がなければ、心地よさがないばかりか、ソースからのインスピレーションも伝わってこない。

けれども、その心地よくない状況と比べて、自分の望みはこうだというロケットを発すれば、心地いい状況が生まれることになる。

ほとんどの場合、あなたがたがそんなに苦労する必要などないのだ。

恐ろしいことを自分が目にしたからといって、
あなたがすぐに
似たようなことに出合うことになるわけではないが、
あなたの意識には
それと似たような経験が入り込んできやすくなり、
「幸せ」を感じる感覚が止まってしまう。

18

感情でソースと調和がとれていない時がわかる

ウエイン　エイブラハム、あなたはいつも自分が何を考えているか意識していますか？　つまり、思考というものは、普通は突然浮かんできて……。

エイブラハム　いいや、でも、あなたがたは自分の感情には注意を払う必要がある。なぜなら、自分の感情に注意していると、自分が内なるソースと調和がとれていない時には気分が落ち込んでいき、やがては「虚無感」を感じていることに気づくだろう。まさに「虚無感」という言葉どおりの状態に陥ってしまうのだ。ソースの考え方から、あなたが分離してしまっているのだ。

ウエイン　面白いですね。

というのも、数年前、私が初めて携帯電話を手に入れた時、自分の携帯電話に留守番メッセージを録音しなくてはならなくなりました。

当時、あなた（エイブラハム）との対話に深く傾倒していた私が残した留守番電話のメッセージは、次のような内容です。

「おかけになった電話は、ウエイン・W・ダイアーです。けれども私はいつも気分よくいたいと思っていますので、それ以外のことでおかけになったのであれば、間違い電話と思ってください。

ドクター・フィル（人が日々抱える打ち明けにくい問題に対して、心に「一発渇」を入れることで有名なアメリカの心理学者・精神科医）かどなたか、残念な知らせを聞きたいと思っている方へおかけ直しください」

私はとにかく気分よくいたいと思っていますので、留守番電話のメッセージはいまだそのままにしています。

エイブラハム　ソースも同じメッセージを送り出している。

ウエイン　そうですよね。

そこで、たとえば、心地よくない人間関係、心地よくない仕事内容など、自分にとって心地よくない考えが浮かんできたら、その思考に合わせてソースから、心地よくない、気分が悪くなるような経験が与えられるのですよね？

エイブラハム　いや、ソースがそうした経験を与えるのではない。そんな教えはない。

ウエイン　つまり、自分の人生にある人が現れたら、それはシンクロニシティのような出来事ではないかと言いたいのです。

エイブラハム　物事は常に、そのようにあなたに起こっているよ。常にそうなっている。

ウエイン　とすれば、起こる出来事を測る物差しは、自分の感情を観察することにあることになります。

ある出来事を自分の体でどう感じているのだろう？　もし、心地よく思えないのであれば、自分がこの出来事を招いたのではないだろうか？　とすぐに自分の思考を振り返ってみる。そうしていれば、私たちはいつも心地よくいられるものなのでしょうか？

エイブラハム　それについて説明するとすれば、あなたが考えたことが何であれ、常にあなたのそばで、あなたとともに考え、あなたとともに生きているソースもまた、その同じ出来事について常に考えている。

ウエイン　それは本当に聞いておきたいことです。

エイブラハム　あなたが心地いいと感じたら、あなたの思考とソースの思考が調和していることになる。

だが、あなたが心地よくなければ、ソースが知っていることとあなたの考えがずれていることを示しているのだ。

それを知るにはまず、あなた自身こそ、こうしたいという欲求を発していることもわかっておかなくてはならない。

あなたはソースに、本当の自分や自分が望んでいるものを伝える役目を持っている。

つまり、自分自身の現実を創り上げている創造主は、あなたなのだ。

ソースは、あなたが求めているものと同じ波動を持ち合わせている。

他人の害になるようなことを望んで、それであなたが心地よくなることはありえない。

なぜなら、そんな意図を放ってしまうと、ソースの波動から離れてしまい、「虚無」を感じることになるだろう。

だから、自分自身が物事をどんなふうに感じ取っているかに注意を払い、もっと慎重に何を考えるかを選び、どうして自分がそう感じるのか、その根拠にもっと耳を傾け続けるのだ。

ウエイン そして、もし心地よく感じられなかったら?

エイブラハム 心配いらない。その感情はもっとふくらんでいくだろう。

ウエイン どんどんふくらんだら?

エイブラハム 自分が抱えた思考はさらにふくらみ、本当の自分からどんどん遠ざかっていることにやがて気づくだろう。不快な気分がどんどん強くなるのだ。

ウエイン そして、最後には、あきらめてしまうのですか?

気分のよくない状況からみずから身を引くことになるのですか?

私は自分が今日の午後に観たスティーブ・ジョブズの映画のことを思い出していましたが、彼は自分の会社の仕事の進め方を心地よく感じていませんでした。

私も人生を通して、ずっと同じように感じてきたことですが、彼には絶対的にこうすべきだということがわかっていたのです。

それでも私は、スティーブ・ジョブズより礼儀正しいので、こうすべきだという他人の意見にも一応真摯に耳を傾けてはいます。でも、それでも心の中では、絶対に変えてはならないものがはっきりわかるのです。

エイブラハム　本物のマスターというのは、この世を創っているエネルギーをどうやって受け取ればいいかを知っている。

物事の影響力の利用の仕方も心得ている。

マスターと呼ばれる者は、それをうまくつかむのだ。

物事を創り出すエネルギーを受け取れるから、物事の流れに勢いを持たせることにも慣れているし、自分で自分の首を絞めるようなことを引き起こさずにすむように行動して、その流れに勢いをつけるのだ。自分が本来の流れから外れると進むことが難しいと感じるから、すぐにそれとわかる。

ジョブズも含めて、自分の意図とは異なるディスクにいる人を説得するのに疲れ果ててしまった人は数多くいる。ジョブズは、もし自分が正しいと思った方向へと進むように他人を説得しようとすれば、彼自身が自身との調和を失うことになることをきちんと把握できていた。そして、ジョブズ自身はそれを望まなかった。だから彼はみずから身を引き、まったく新しい会社を作って、みずからの波動との調和を見出した。

そして結局、みずから身を引いた場所に彼は戻ってくることになった。

何が起こったかを私たちが説明するとすれば、物質世界で生きるほとんどの者は互いを喜ばせようと生きてしまっている、ということだ。みずからが持つ「感情というナビゲーションシステム」をずっと昔に捨ててしまったのだ。

母親でも誰でも、人から注目され、自分がすることをほめられたら心地よくなる。だから、次々と人から認めてもらい自分が心地よくなるようなことを続けてしまうが、そのたびにやがて自分の内にある「感情というナビゲーションシステム」のもたらしてくれる可能性のある覚醒のチャンスを捨ててしまっていることに自分で気がついていない。

だから、誰もが認めるような行動や言葉しか信じられなくなる人が多いのだ。

もちろん、それでもある程度のことは創り上げることができる。けれども、ソースエネルギーとのつながりを持った者からすれば、そんなものは所詮、平凡なレベルだ。

そこで今度は、人の期待どおりのいい人であろうとする。

なにも、どんな時もいい人でいられればしないなどと言っているのではない。ただ、本当の自分や本当に自分が欲しているものと対極にあるものに焦点を定めてしまえば、心地よくないと感じて当然だと言いたいのだ。

それに、心地よくないと感じているのに、心地いいはずだと自分に言い聞かせるのは無理な話だ。

これが、あなたがスティーブ・ジョブズの映画で観たことなのだ。

ジョブズは、自分が慣れてもいないのに慣れきったふりをして影響力を行使するのを、よしとしなかった。だから、彼はそこから身を引くことにして、次のように言ったのだ。

「いいだろう。君たちは君たちのやりたいようにやればいい。僕は今の自分とは違うドラムの音に合わせて前進するから」

最終的には、ジョブズは背を向けた人たちから戻ってきてくれと頼まれることになるが、それは彼以外の人たちが、それまでにジョブズが焦点を定めることでもたらされていたエネルギーと明晰さ、そしてパワーを失ってしまったからだ。

ウエイン　私はある時、もう本は書かない、もうすべてやり終えた、と宣言したことがありました。実際、疲れ果てていましたし、もう本を書く必要もなかったのですが、それから毎日5か月間、結局は本を書いていました。

そして今もまだ、これから出版する本の執筆中です。

エイブラハム　あなたの執筆活動に終わりはない。

あきらめなさい。屈して書き続けなさい。

ウエイン　『今ならはっきりとわかる』という著書のある章に書いたのですが、子どもの頃、他の子がコメディー番組を観ているのに、私はカトリック聖職者シーン司教（訳注：フルトン・ジョン・シーン）の番組を観ていました。

その番組名は、「価値ある人生（Life Is Worth Living）」でした。

当時、私は12歳か13歳だったのですが、大好きなその番組を観ながらメモを取るほどでした。

私には数年間、養父がいたのですが、カトリック教徒の養父がこの番組に傾倒していたので、私の生活の中に普通の子どもが好む番組はなかったのです。

私は火曜日の夜が待ちきれませんでした。

まだ幼かった私が、「価値ある人生」という番組をメモを取りながら観ていたのです。

エイブラハム　それはどうして？

ウエイン　私は、その番組のタイトルをそのままつけられそうな本を40冊ほど書きました。

エイブラハム　いや、たった13歳のあなたが、メモを取ってその番組を観ていた、その理由とは？

ウエイン　今振り返って考えてみても、当時理由はわかっていなかったと思います。

エイブラハム　大事なことは、その当時、メモを取るのがあなたにとって心地よかったからだったのでは？

ウエイン　ええ、だから私はこの対話に来ることになったわけですから。

エイブラハム　もたらされたのは、明晰さだ。

あなたの養父こそ、チューニングし、きっかけと刺激を与え、ある波動をもたらしてくれたのだ。

養父の言うことを聞きながら、波動が響くのを十分感じ続けて、あなたは思い出したのだ。あなたの中にしまわれていた大事な部分を。

あなたの養父こそ、あなたのソースの波動をもたらしてくれたのだよ。

ウエイン　あれは天の思《おぼ》し召しだったのですか？

エイブラハム　いつでもそうだ。いつでも天の導きはそばにある。

孤独な人など誰もいない。

あなたがたは皆、偉大な創造主なのだ。

一人ひとりが、意味ある、重要な存在だ。

すべての人が、偉大な目的と理由を持ってこの世に生まれてきた。

もし、心地よくなければ、あなたは本当の自分から離れた道を歩んでいることになる。

さあ、朝、目を覚ました時に高い波動のハイ・フライング・ディスクにつながり、本当の自分を取り戻す訓練をする時が来たのだ。

ウエイン　ここにいる人、この対話を観ている人にも、誰にとっても、自分の中にしまわれた使命がある……使命という言葉が私に浮かんできたのですが。

エイブラハム　でも、その天からの声が聞こえるようになるには、波動を合わせる訓練が必要だ。そうすれば、あなたの言う使命がインスピレーションとして降ってくる。つまり、その時に自分の使命がわかり始めるのだ。

そして自分の使命が感じられるようになる頃には、受け取った波動を意義ある大事な事柄として解釈できるようになるまで、あなたはずっとその波動の中にいたということになる。

これが、自己啓発のやり方なのだ。

ウエイン　そうですね。面白いことに、この話は今私が執筆中の本で取り上げている、２５００年前に書かれたという「老子道徳経」へとつながるのです。

「老子道徳経」への自分の解釈について書いたのは、私が65歳になった時のことでした。

私は現在、マウイ島に住んでいます。ある時、私には4つの用事がありました。わが子に会いに行くのに、ギフトカードを買おうとスーパーに寄り、銀行でお金をおろし……。

エイブラハム　わが子に会いに行くのだからね……。

ウエイン　そうです、子どもに会いに行くには、ある程度のお金も必要になります。そして、道中必要なサプリメントの店にも立ち寄らなくてはなりませんでした。これもすべて子どもに会いに行くのに必要なことだったのです。

そしてもう1軒、私の大好きなおいしいハワイ産の食品を売っている店に立ち寄ってから家に帰ろう、と計画しました。けれども、車が勝手にある方向に動き出したようになって……。私がその方向に運転していたわけではないのです。

どう表現したらいいか、わからないことが起こっていました。

エイブラハム　つまり、あなたは意識的ではない行動を起こすインスピレーションを感じたのだ。

なぜなら、あなたはその時、広大な観点を持つ波動と調和し、本当の自分、本当はどこに自分が向かうべきかを知っている状態にあった。

ウエイン そのとおりです。それで、私は書店へと向かい、車を降りかけた時にふと、書店に何の用事があったんだろう？ 家に戻らなくては、乗るはずの飛行機に遅れてはいけない、と思ったのです。

なのに、1冊の古い本を手にしていました。

それは、やはり2500年前に書かれた『バガヴァッド・ギーター』という本でした。

エイブラハム 書店の中を歩いていたあなたが、もし今のようにはっきり物事が見えていたとすれば、自分にとってとても重要な何かが書店にあるはずだとはっきり感じていた、としてみよう。

つまり、その時のあなたにとっては、その本に偶然出合ったように思えても、本を目にした時に「これだ」とわかったはずだ。

けれども、どうして自分がそんな行動をとるのか、その理由を常にはっきりわかっていたいとは思わないか？

ウエイン　ええ。今ならはっきりわかります。でも、すべてではありませんが。

それでも以前より、ずっとわかるようになってきました。

そして『バガヴァッド・ギーター』は天からの授かりものだったので、そこからたくさんのことを学ぶことができました。

古代の書の多くには、いくつか間違った解釈が加えられていることがあると思うのです。

エイブラハム　他のどの古代の書も同様だ。

それに、今やあなたはソースとのつながりを持ったのだから、古代の書はもういらないだろう。みんなにとっても、これからはそうだ。

人から注目され、
自分がすることをほめられたら心地よくなる。
だから、次々と人から認めてもらい
自分が心地よくなるようなことを続けてしまうが、
そのたびにやがて自分の内にある
「感情というナビゲーションシステム」のもたらしてくれる
可能性のある覚醒のチャンスを捨ててしまっていることに
自分で気がついていない。
だから、誰もが認めるような行動や言葉しか
信じられなくなる人が多いのだ。

19

世界を変えるより大事なこと

ウエイン　そこで『バガヴァッド・ギーター』に書いてあることについてお尋ねしたいのですが。『バガヴァッド・ギーター』は、アルジュナ王子が戦いへとのぞむ準備をするというシンプルな話です。

エイブラハム　波動の低いロー・フライング・ディスクな話だ。

ウエイン　そのとおりです。王子の御者はクリシュナといい、実はソースエネルギー、あるいは神のような存在だったということがわかります。

エイブラハム　（ふざけた調子で）いやいや、そんな低い波動のディスクに神はいない。

ウエイン　ともかく、バガヴァッド・ギーターの中での話です。王子は、あなた（エイブラハム）の言葉と調和するようなアドバイスを御者のクリシュナからたくさん受け取ることになります。

ところが、私にとって1点、困惑することがあるのです。この数か月間で物語を3回も読んだのに、なぜ何度も読んでしまうのかという理由が自分でもまったくわからないのです。私はただひたすら読み続け、読み終わってはメモを取り、自分なりの文章を書き続けています。

エイブラハム　たぶん、あなたがもっと整理できて、意図通りの文章が書けるように原作者が手伝いたかったのだろう。

ウエイン　おそらくそうでしょうが、私には何度も読んでしまう理由がまったくわかりません。

物語の中で、戦いへと出発する準備ができた王子がこう言うのです。

「この戦いは、私の義務なのだ」と。

すると、神でありソースエネルギーとされるクリシュナが言います。

「自分の義務を果たしに行きなさい。たとえお前の義務が人を殺すことだとしても、お前が誰も殺したくないと思っているからこそ、それがお前の義務なのだ。そうすれば、私がすべての命を奪うことになるが、命あるものすべての責任は私が負っているのだから」

王子は、自分の義務を果たすために戦場へと出発します。

そこでエイブラハム、あなたに質問なのですが、聖なる愛と調和しない義務が私たちにあるのでしょうか？

エイブラハム それは絶対にない。けれども波動の低いロー・フライング・ディスクにいる時には、自分の波動の視点で物事を解釈してしまうのだ。

どうしてかというと、たとえばあなたが復讐や心配事、危険などを感じるディスクにいて、しばらくその状態が続いたとする。

あなたはそんな本を読み、そんな話を人に語っている間に、その思考に「勢い」がつく。

大事なのは、自分で勢いを増幅させてしまっているという点だ。

こうやって、自分で引き寄せの作用点の波動を創り出す。

創り出す引き寄せの作用点は、絶望だったり、不愉快だったり、希望だったり、愛だったりと、自分が発している波動に応じた周波数の波動を持つものだ。

わずかな間でも、あるディスクの上にいたままだと、引き寄せの法則に従って自分の思考の流れには「勢い」が増す。

だから、あなたが復讐の波動のディスクの上で自分がいかに不当に扱われたかを語り、それを耳にする人が増えれば増えるほど、思考の流れの「勢い」は他人を巻き込みながらさらに強化され、自らの復讐の炎をあおることになる。そして十分に勢いがつくと、まるでインスピレーションを受け取ったかのように、それを行動に移さなければならないと思い込むまでになる。

これが、思考の流れの「勢い」というものだ。物事がすでに動いている方向へさらに力が働くのだ。

でも、これだけははっきり言っておくが、あなたが生まれながらに望まないようなネガティブな感情を伴った勢いは、決してソースエネルギーから生まれたインスピレーションではない。

ソースは、あなたがどんなに復讐に燃えても、あなたに加担することは決してない。けれども、私たちにもあなたが復讐したくなる気持ちはわかる。確かに誰かに不当に扱われたままでいるより復讐心を燃やしたほうが心地いいし、誰かに攻撃されるより自分が攻撃するほうがまだ心地いいからだ。

けれども、他にも道はあるだろう?

ウエイン 世の中には「自分の義務を果たしているだけだ」だと言わんばかりに、その義務を果たしながら生計を立てている人が大勢います。

実際には彼らの義務の中には、より高いレベルの覚醒や意識と調和しない、たくさんの暴力や憎しみ、殺人などが含まれています。

そしてクリシュナがアルジュナ王子に放った言葉が、そのまま自分たちの行動を正当化するために使われているのです。

「これが、あなたの義務なのだ。あなたが命を奪うのではない。私が奪うのだ。すべての命は、話をしているこの神あるいはソースから与えられたものだ」と。

エイブラハム 私たちは、自分が望むことをどう決めるか、などということを問題にしているわけではない。

それに、ある行動が間違っている、正しい、とかいう話をしているのでもない。

私たちが言いたいのは、もし、あなたが内なるソースと調和していないのならば、あなたの行動はインスピレーションに基づいたものではなく、単に動機を与えられただけだということだ。

そんな行動は、ソースから生まれたものではなく、人間の意識の副産物だ。言葉を変えれば、ソースは他人に対してネガティブな行動を働くようにあなたを導くことはない。もし、自分が他人に対するネガティブな行動へと導かれていると感じるのであれば、あなたが低い波動のロー・フライング・ディスクの勢いに巻き込まれているだけのことだ。

ウエイン　そうですか……。物語の中である日、兵士が一人、自殺をします。

エイブラハム　それは彼が、自分があるべき本当の道から外れてしまっていることに気づいたからだ。

彼は自分の行動に耐えられないのだ。

もし、私たちがあなたならこうするだろう。

あなたは今そこにいて、あなたがたみんながこの対話を聴いている。

私たちは、深遠で最先端の対話をしているのだ。

その中であなたは今、自分の義務を果たした兵士たちのことを考えている。

兵士が愛国心からみずからを犠牲にしてくれたことに感謝するとか、国のために彼らが貢献したさまざまなことに対して、あなたは素晴らしいと思っている。確かに、そう思うのはあなたにとって心地いいことだ。確かに、心地よくなる思考ではあるだろう。だからそこに自分の焦点を定めたいのだ。

ところが、たとえば、その戦いは同時にどこかの村の人々にとっては、まさに残酷なことが起こっていることでもあると気がついたとする。

すると、そのことに焦点を定めたあなたは、今度はがっくりひざをつく。なぜなら、本当のあなたから、かなりかけ離れてしまった自分に気づくからだ。

そこで、あなたは何をするだろう。

砂の中に頭を突っ込んで、隠れようとするのか？　そんな残虐なことをしでかした人を非難するのか？　それより、自分が望むものとは対極にある行動がわかる話だと認識して、ならば自分が本当に望むものはこれだと、どんどん望みを増やし強くしていけるのではないだろか？

そうすれば、あなたはもっと思いやりに満ちた世界の話を語れるのではないか？

もっと本当の自分を知る人々がいる世界、すべての子どもたちに食糧がくまなく行きわたり、子どもたちは自分のベッドで安心して目を覚まし、親も世界はすべての人が平和に暮らすのに十分なほど広いのだとわかっている、そんな世界について語り始められはしないだろうか？

世の中がうまくいっていないと警鐘を鳴らすことなど、メディアを使えばいとも簡単にできることだ。

でも、実際に警鐘を鳴らしても、あなたが心地よくなることはない。

あなたには、選択をする能力があるのだ。そして、その選択をする時にこそ、自分の本当の力を知ることになる。

なぜなら、ソースの流れとつながっているたった一人の人間は、そうでない何百万の人よりも力強い影響力があるからだ。

ウエイン　なるほど、そのとおりです。

エイブラハム　だから、もしあなたが、戦争など心地よくない状況の対極にあるビジョンをしっかり保てれば、内なるソースと調和がとれ、インスピレーションを感じることができるだろう。
直接自分で現地に出向く必要もなければ、戦争に加わる必要もないし、資金を送る必要もない。

ただ自分が望むことに焦点を定め、ソースと調和できれば、波動の流れに乗れるのだ。ソースと調和し、自分が望むことに焦点が保てれば、やがては戦いに疲れ果て、戦争が答えではないと理解した人々が、あなたが切り開いた最も障害のない道筋を選ぶチャンスがやってくるだろうし、彼ら自身の中から戦う以外のアイディアが浮かんでくるかもしれないのだ。

ウエイン　よくわかります。私はたくさんのメールをもらいますから。

エイブラハム　世界を変えたいと思っている人は大勢いるが、世界を変える必要なんてないのだよ。もし、あなたが世界は変わる必要があると信じているのなら、あなたの葛藤や努力そのものがソースとの調和を妨げている。

ソースはあなたが変化する手段をすでにいくつも与えているのだから。

あなたがやるべきことは、ソースと調和した上で、みずからの望みに焦点を定めることだ。高い波動のハイ・フライング・ディスクに乗って、それから自分の関心をどこに向けて、焦点を定めるかということだ。

ソースの流れとつながっているたった一人は、
そうでない何百万人よりも力強い影響力がある。

20

虚しさを本当に満たしてくれるものとは

ウエイン　私が話をする時によく使う例ですが、もし、私があなたに100万ドルを手渡し、「さあ出かけて好きなように使ってください、ショッピングモールに出かけて欲しいものを買ってきてください」と言ったとします。

すると、人々は店を見て歩き、入った店で好きでもないものを買ってしまう。それも10も50も。

家に戻ったあなたは、「どうして自分の家なのに、欲しくもないものばかりであふれかえっているんだろう?」と自問することになります。

それに対して私は、「おかしくなっているからだよ」と答えます。

エイブラハム　それは、空虚を行動することで満たそうとするからだ。

あなたがたは愛をまったく間違った場所で探している。

空虚をソースとの調和ではなく、行動や物で満たそうとしているのだ。

それはなにも、ソースと調和している状態では自分が欲しい物などインスピレーションとして湧いてこないという意味ではない。

もし、調和した状態でのインスピレーションで受け取った「欲しい物」であれば、それはあなたにとって意味のあるものだろう。


ウエイン　そのとおりです。

けれども、私たちの焦点は、自分が欲しくないものに対してだけでなく、他人が自分にしてほしいと思っていること、あるいは慣習やこうあるべきだということばかりに、定められすぎていませんか？

つまり、人は自分の好みでないのに、こうあるべきだと考えてしまうことで、逆に好みでないはずの事柄をどんどん創り出してしまうのではないのでしょうか。


エイブラハム　それはあなたがたの、現実には立ち向かわなくてはならないという信念から生まれた考え方だ。

ほとんどの人は、自分が目にしたものに反応して自分の波動を発している。

だから、人は何かを目にすると、それに似た波動を発し、結果的にその何かと同じものを手にする。

けれども、自分が本当に欲しいものに焦点を定めることができれば、まさにその焦点を定めたものがあなたのもとにやってくる。

そうすれば、あなたは欠陥だらけの創造主ではなく、計画的な創造主となる。

「引き寄せの法則」に従い、あなたの波動に反応して物事がどれほどすぐにもたらされるかを知れば素晴らしいと思うだろう。

でも、もっと素晴らしいのは、あなたの波動に応じて「引き寄せの法則」が働いた時に、内なるソースと調和しているかいないかを感じられるようになった時だ。

広がり、進化し続けているあなたに、あなたの内なるソースは本当の自分を思い出すようドラムを鳴らす。そして、次々とあふれ出るように素晴らしいことがあなたに起こるのだ。

自分が本当の自分から外れてしまった時には、ネガティブな感情が湧いてきて、それとわかる。そんな時には、リラックスして元の道筋に戻れれば、明晰さを感じられる。楽しくすると、自分が豊かであることも、自分が価値ある存在だとも感じられる。活気に満ちた、やる気と情熱を自分に感じることができるのだ。

そして人生はあなたにとって、あなたが思う通りの素晴らしいものとなる。

あなたがたは愛をまったく間違った場所で探している。
空虚をソースとの調和ではなく、
行動や物で満たそうとしているのだ。

21

天国はどこにあるのか？

ウエイン　アセンデッド・マスターは存在しますか？
サン・ジェルマン伯爵やキリストの話をよく耳にしますが……。

エイブラハム　私の言う調和とは、大学の単位のように、いったん成し遂げれば自分のものになるという類のものではない。

ある瞬間に調和した状態にあるかないか、それだけのことだ。

だが、サン・ジェルマン伯爵やキリストなどといったスピリットと調和をしたり、その調和を保ち続けている人がいるのも確かだ。あなたは、そういった人たちのことを言っているのだろう。

ウエイン　アセンデッド・マスターにアクセスすることはできますか？

エイブラハム　いつでもできる。アセンデッド・マスターにとって興味のあることにただ集中しさえすればよい。そうすれば、すぐに彼らにアクセスできる。

ウエイン　それでは、彼らはどんなことに興味があるのでしょうか？

エイブラハム　それは、あなたが興味を持つものすべてだ。

アセンデッド・マスターは、とても知識欲旺盛なのだ。

時間と空間の存在する3次元の現実は、さまざまな思考の存在する最先端の場所なのだから。

人間は、地上は単なる試練の場で、天国はしかるべきところにあると思っているが、この地上こそ最先端の場所なのだよ。この地上でこそ、思考が明確になる。この地上でこそ、それが実現する。

ウエイン　地上に天国があるというのですか？

エイブラハム　地上は天国、そして地獄にもなる。それはあなた次第だ。

The Teachings of ABRAHAM®

地上は天国、そして地獄にもなる。
それはあなた次第だ。

22

地獄が存在する場所、その実態

ウエイン　地獄といえば、そんな場所は実在するのですか？

エイブラハム　地獄はソースから切り離された人の意識にのみ存在する。動物には地獄という概念はない。人間だけが自分で自分を明晰な状態から切り離してしまうのだ。

混乱した状態を「地獄のような場所」と呼んだりするだろう？　無気力と化した状況を、「地獄のような場所」と呼んだりしないか？

ウエイン　残酷な行為をなした人がこの世を離れると、罰を受けたりすることはないのでしょうか？

エイブラハム　そんなことなどないと言うと、たいていの人間はがっかりする。

ソースエネルギーを自分で自分から奪っていること自体が、自分で自分に罰を課しているのと同じだ。

ソースエネルギーは、いつでもどこにでもあるというのに。

ソースエネルギーを受け取らずに拒めば、とても不快な気分になるのだ。

でも、見えない世界に戻ると、あなたはどんな疑いや恐れからも、そしてどんな嫉妬や遺恨、誤解からも、それらすべてから解放される。

そして、命あるものすべてが持つ波動、あなたが生まれ落ちる前に存在していた場所の波動となるだろう。

地獄は、
ソースから切り離された人の意識にのみ存在する。

23 過去を後悔するよりも

ウエイン　『今ならはっきりとわかる』を執筆中、私は人生の中で落ち込んだこと、自分が成し遂げてきたことや振る舞い、自覚などを振り返ることになりました。

エイブラハム　そうだね。

けれども、明晰さを失った経験がなければ、今は物事がはっきり見えているとわかることができただろうか？

はっきり物事が見えることに感謝できるだろうか？

はっきり物事が見えていること自体に気づけるだろうか？

ウエイン　なるほど。

エイブラハム　物事がはっきり見えなかった経験がなければ、今のように明晰な状態にもならなかっただろう。

そして、自分が生きている人生以外に、どんな生き方があったというのだろう？

あなたに前進を促すソースは、いつもあなたのすぐそばにあるのに。

現在のあなたが、過去を振り返って、あんなことをするべきではなかった、あの選択をするべきではなかったと自分の生き方や経験を責めるのはよくあることだ。

けれども、あなたがそんな後悔するような経験をしている間にも、ソースはいつでもあなたに呼びかけ続けている。

ソースが呼びかける道筋は、最も障害となるものが少なく、だからこそ、それはある時点であなたが手にできるたった1つの道筋でもある。

少し立ち止まってみるのもいいことだ。

ソースはあなたを裁いたりはしない。自分でみずからを裁いてしまうのだ。

そうやって、あなたは自分でみずからをソースから切り離してしまう。

ウエイン　自分自身の若かった頃の振る舞いを思い出すと、私はただ幸運だったと思うのです。
というのは、もし私が、自分がいかに幸運かを知っていたら……。

エイブラハム　それでも、物事はいつだってあなたのために動いている。

そして、あなたがとった行動は罰を受けるようなものではない。

さらに、罰を受けるような行動をとったことがあったかもしれない、などとわざわざ振り返るにも値しない。ほんの少しばかり道を外しただけのことだ。

あなたがつまずいた時には、ソースはいつでもあなたとは異なる道を見つめている。

あなたが間違えた考えを持っていたことなど、眼中にない。間違えたかどうかを考えてしまうのは、自分自身や他人に対して人間がやることだ。

小さな子が歩き方を学ぶ時に転ぶことがあっても、「ばかだなあ。さっさと立って！」と責めたりはしないだろう？

転ぶのも、バランスをとって歩けるようになるまでの過程にはあることだとわかっているからだ。

そしてソースは、あなたにいつでもそう感じている。

ウエイン　それでは、過去の経験を思い出しても、心地よくいられるということですか？

エイブラハム　高い波動のハイ・フライング・ディスクにいたいと思えば、そうしたほうがいいだろう。

ウエイン　わかりました。

エイブラハム　自分がソースから切り離されていなければ、どんな経験をしても自分を責めたりすることはないんだよ。

ソースは、あなたの人生に起こることすべてを心地いいと受け入れているのだから。

ウエイン　どんな経験も、ですか?

エイブラハム　そうだ。すべての経験をだ。

ウエイン　「本当の高潔さとは、誰かより優れていることではない、過去の自分より優れていることだ」と私は語ってきました。そういう意味では、私はあらゆる観点から、過去の自分よりましになったと思っています。

エイブラハム　高潔とは、大げさな表現だな。

それは人間が作った概念だ。神はそのような言葉を使わない。

その「高潔さ」とは、どんな意味で言っているのか？

ウエイン　そうですね。今、私たちが話をしている……完璧さとか。

エイブラハム　そうか。けれども、なしえていないことがあるからと言って、完全ではないことにもならない。

完全な状態になれば「終わり」が訪れ、完全な状態も消え去る。

だから、「高潔さ」という言葉は、低い波動のロー・フライング・ディスクにいる人間が互いを比較するのに使う言葉であり、完璧さとは異なるものだ。

ソースはあなたを裁いたりはしない。
自分でみずからを裁いてしまうのだ。

24
ジェリーという存在の今

ウエイン　私たちの中にある「魂」を他の人と共有することはできるのでしょうか？

エイブラハム　あなたが言っているものは、魂ではなく「意識」のことだ。

エスターが意識の集合体である私たちエイブラハムにアクセスする時、彼女が感じ取っているのも「意識」の流れなのだ。

時に応じて、エスターは意識の強さの違いを感じ取れる。

今、この対話をしている間は、あなたがたが呼び寄せている私たちのある部分を他の部分より強く感じていることになる。

次のように説明したらわかりやすいだろう。

ジェリーが亡くなって次の世界へと旅立った時、エスターはエイブラハムの言葉にかなりの時間耳を傾けていた。エスターは、エイブラハムの言っていることや自分とエイブラハムとの間に生まれる波動が心地よかったのだ。

彼女は私たちを信頼している。私たちがどういう感覚の存在かを知っているし、私たちの豊かさを感じることができるのだ。

ところが、ジェリーが見えない世界に旅立った後、エスターはジェリーが単にエイブラハムの意識の集合体に飲み込まれてしまうのをよしとしなかった。

もちろん、ジェリーはエイブラハムの意識の集合体の一部となっているのだが、エスターはジェリーとして刻まれた固有な部分を私たちから感じ取りたかったのだ。

エスターはジェリーが私たちに融合する前から、すでにエイブラハムのことは知っていたが、私たちの中にジェリーをはっきり感じ取りたいと思っている。

エスターは、今こうして対話をしている間も、ジェリーには自分に特別な興味を持ってほしいと思っているし、ジェリーがいつも「さあ、要らないものは片付けよう」と口にしていたから、自分がこれから買おうと思っている家具にもどう思うか、関心を寄せてほしいと思っている。

それに、エスターには1つ、これから買い求めて家に持ち込もうとしているものがあるが、それで家が散らかるようなことにならないかとも心配している。

エスターはそんなことも含めて万事、ジェリーがどう思うだろうということに関心があるのだ。

そして、エスターはジェリーがどんな人だったか、そして今、どんな存在になったかを知っているからこそ、彼女に流れ込む見えない世界の思考の中から、ジェリーを特別に感じ取れるのだ。

でも、最も重要な点は、エスターがジェリーを感じ取るには、生前のジェリーを忘れないと現在のジェリーは感じ取れない、ということだ。

ジェリーはもはや、自分が気に入らないものを排除しようとしたりすることはない。肉体を持って物質世界に生きていた頃にはとても気になっていたことの多くが、もはや彼の関心事ではなくなっているのだ。

ウエイン どうして、そうだとわかるのですか？

エイブラハム ジェリーはエスターに、自分の新しい感覚を訓練して教え込ませている。見えない世界に入ったジェリーをエスターが見つけ出すには、覚えているジェリーが肉体を持っていた頃に放っていた波動をエスターが解き放たなくてはならない。エスターは心からジェリーにアクセスしたいと思っていたので、それがかなったのだ。

そして、この過程で、エスターはみずからの中にある「内なる存在」をさらに強く感じ取れるようになった。

このことはエスターにとっても驚きだった。

エスターは、これまでずっと、誰に対しても優しく親切な人だと思っていた素敵な夫、ジェリーに従って幸せに暮らしてきた。ジェリーに導きを求め、純粋な祝福を手にしたのだ。けれども今度はジェリーのほうがエスターに導きを求めていることも、エスターが見出す調和の世界にジェリーがいるのだということも、エスターにわかってきた。

ウエイン　そうしたことは、感情という形で伝わってくるのでしょうか？

エイブラハム　そうだ。ジェリーがまだ肉体に宿っていた頃、ジェリーとエスターの会話の中で、エスターはよくこう聞いていた。

「ジェリー、あなたがこれについて本当はどう思っているか知りたいの」

ジェリーの答えは次のようなものだった。

「君は本当のところ、僕がどう考えているかを知りたいわけじゃないんだろ？　思うに、自分の思いに、同意してほしいだけなんじゃないの？」

まあ、確かにジェリーの返事はだいたい正しかった。

けれども今、エスターにとって興味があるのは、ジェリーが自分に同意してくれるかどうかではなく、純粋にジェリーがどう考えているのかを知りたがっているのだ。

エスターは、純粋でポジティブなエネルギーに波動を合わせられるようになりたいと思っているのだよ。

ウエイン　ジェリーはエスターのそばにいる時にサインか何かを送るのですか？

家具を動かすとか、本棚から物が落ちるとか。

エイブラハム　父親との話の中で、あなたがかつて父親にどんなに大きなわだかまりを抱えていたにせよ、最終的には自分の望んだ「許し」という素晴らしい瞬間を経験し、ソースとの完全な調和を果たす経験をした。

そこで、あなたはジェリーとエスターとのことからも、学ぶことがたくさんあるはずだ。

ジェリーが見えない世界に入ってすぐ、大変辛い日々を過ごしていたエスターが姉のジェーニーのもとを訪れたことがある。

エスターは大声で、「ジェリーはどこに行ったの？　ジェリーは私のもとに姿を現すって言ったのに。ジェリーはどこなの？　どこにいるのか、本当に知りたいのよ。ジェリーを見つけられないの。ジェリーはどこ？」と叫んだ。

するとその時、ジェリーが生前に本棚に置いた、エスターの著書でサラという女の子の物語『サラとソロモン』（加藤三代子訳　ナチュラルスピリット）というエイブラハムの教えを著した本がパタンと落ちた。エスターには、ジェリーを探し求める強い願望を持った瞬間、「自分はここにいる」とジェリーが知らせてくれたのだとはっきりわかった。

それが今から約2年前のことだが、今ではエスターは、ジェリーがもうそんなばかげたお遊びに付き合ってくれるはずはないことを知っている。つまり、今やエスターは、ジェリーとコンタクトするには本当の自分自身と調和することが必要だとわかっている。

ジェリーとエスターの家はU字形をしており、その寝室には、プールを隔てた居間からも仕事部屋からも、もちろん寝室にいても見えるライトがある。

ライトの光は石英でできた壁に降り注いでいるが、家で過ごしているエスターには常に目に入る。

エスターの気分がいい時には、彼女が喜びに満ちているのを讃えるように光が瞬く。けれども、エスターが悲しいとか寂しいとか思いながら座り込んで、「光よ、瞬いてちょうだい」といくらライトに話しかけても、光が瞬くことはない。

エスターと戯《たわむ》れるのに、ジェリーが低い波動のロー・フライング・ディスクまで降りてくることはないのだ。エスターがジェリーに会いたければ、エスターのほうが波動を上げていかなくてはならない。

ウエイン　私がこの世を去っても、愛する人たちとコンタクトできるのですか？

エイブラハム　もちろん。あなたが大事に思う人となら、誰とでも。

ウエイン　この世を去る前にその準備をしておく必要はありますか？　最近、私はこの世を去っても、この世とコンタクトができるように準備しているのですが。

エイブラハム　そうだね。でもそれは、この世を去る前にコンタクトできるよう準備しておいたからだけではない。

目に見えない、上の世界にいてもあなたは、地上で起こっていることがとても気になるものだ。見えない世界の存在の私たちは、いくつもの次元に存在できる。

私たちは「意識」であり、あなたが私たちに焦点を定めさえすれば、例外なく必ず私たちとコンタクトできる。

けれども、私たちが私たちだとわかるようにチューニングができなければならない。あなたの教えや、執筆した著書のことを思い出してごらんなさい。あなたの肉体がなくなって、見えない世界に戻ることになっても、誰かがあなたの著書を読めば、あなたにはそれがわかる。あなたにはそれが感じられるのだ。

こうした思考は、人間が身に付けるべき大きな意味のある概念だ。

あなたは見えない世界の存在がいくつもの次元に存在できるという概念に圧倒されることがあるはずだ。

ジェリーが見えない世界に移ってからしばらくの間、エスターは嫉妬を感じていた。というのも、ジェリーが肉体に宿っていた頃には、彼の注目すべてを自分に向けることができたからだ。ところが今や、ジェリーの意識は他の多くのものにも注がれている。

ソースの波動はいつでもどこでもすぐ近くにあり、あなたにだって受け取れる。けれども、あなたがそれと「わかる」には、ソースの波動に合わせて自分の波動の周波数を上げなくてはならない。そうなると、あなたが言ったように、あなたも物事が明晰に見えるようになり、物事が理解できるようになる。

The Teachings of ABRAHAM®

私たちは「意識」であり、
あなたが私たちに焦点を定めさえすれば、
例外なく必ず私たちとコンタクトできる。

25

人生を思いどおりに進ませる秘訣

ウエイン　私はよく「自分自身を信頼できれば、自分で生み出した知恵も信頼していることになる」と語ってきました。

エイブラハム　とすれば、それをあなたはどうして信頼できるのだろうか？

自分に対する信念を自分でどう「感じて」いるかをわかっていなくてはならないはずだが？

もし、それが母親から学んだ信念なら、母親をいつも信頼できるとは限らないではないか。母親だって、あなたにこうしなさいと告げる時に、すごく機嫌が悪い時だってあるからね。

だから、自分の信念を自分で信じられるよう訓練しなくてはならない。

より大きな領域の自分と調和が保てるように、あるいはあなたが言ったように、あなた自身が生み出した知恵と常に調和が保てるようになるまで、心地いい自分でいる訓練をすることだ。

高い波動のハイ・フライング・ディスクに自在に合わせられる訓練をすれば、自分が高い波動から外れそうになると、それと自覚できるし、対処もできる。

やがて、訓練の結果、自分の波動をコントロールできるようになる。

そうなった時に、最初に訪れる感覚は、自分自身が価値ある存在だという感覚だ。というのも、宇宙のすべてから自分が支えられていると感じるからだ。

物事がはっきりと見え、すべてがうまくいく。まるでコンシエルジュが、あなたの行きたいところがどこであれ導いてくれるかのように。

間違えた一歩を踏み出すことなどない。

もはや難しいなどと思うような物事もない。

かつて難しいと思っていたことも、あなたにとってはユーモアの対象にさえなる。

エスターは、ある日、重い棚の後ろに落ちたものが取れなくなってしまった時に、自分がいつも高い波動のハイ・フライング・ディスクにいられる方法に気づいた。

彼女はどうにかして落ちたものを取ろうといろいろ試してみながら、笑っていた。

60日前の彼女なら悪態をついていただろう。けれども、エスターはあれこれ文句を言いながら重い棚の後ろに落ちたものを拾い上げるより、どうすれば目的が果たせるか、さまざまに工夫するという、もっと大事なことを成し遂げようと楽しんでいたよ。

人生とは、この瞬間、瞬間、そしてまた瞬間の連続ではないか?

人は夢のような休暇や人間関係、車、仕事がいつかはやってくるかもしれないと、ただじっと待っている。

そしてはっきり言うが、その「いつか」は絶対に実現しない。

というのも、すべては常に今現在、今、ここにしか存在していないからだ。

ソースとの調和を今、果たすか、果たさないかの問題だ。今ここで、ソースと調和するかしないかなのだ。

そして今、この瞬間にソースと調和し、そして次の瞬間にまた調和し、また調和し、と調和し続けることで、人生は思いどおりに進むのだ。

ウエイン　それはソースと調和をしない思考が浮かんだ時には、自分で気づいて、修正しなければならないということですか?
そうなると、何だか潜在意識の中に自分が閉じ込められるような感じがするのですが。

エイブラハム　そのようなものだ。

ウエイン では、ある考えが思い浮かんだら、一瞬止まってそれを自覚し、今、批判的な考えをしたなあと思って、もう二度とそんなふうには思わないようにしようとするということになりますね。

私にとっては、振り返って自分の思考を修正し、そしてその後、自分の行動も修正しなくてはならないことになります。

エイブラハム そのとおりだが、不必要にスピードを落とすこともないよ。いちいち立ち止まるのも大変だから。

うとうとと眠りに落ちる時には、あなたの思考の流れの勢いも止まるのだ。そして目を覚ました時には、何の障害もない状態になっているから、高い波動のハイ・フライング・ディスクを感じやすい状態にいる。そして、そのハイ・フライング・ディスクから生まれる抵抗感のない思考が勢いを増して流れ始めるだろう。

そのほうがずっと簡単だ。

私たちはなにも、あなたがたとえ意識したとしても自分の振る舞いを変えることなどできないと言っているわけではない。

もちろん、意識して変えられる自分もある。

だが、それを変えようと努力をしている間に、対極にある意識の波動まで活性化されてしまうことが多いと言っているのだ。

すると、ある波動を引き起こそうと努力している間に、そのつもりはなくとも、生み出したい事柄の波動よりむしろ障害になる波動を引き起こしてしまうことになる。

The Teachings of ABRAHAM®

人生とは、この瞬間、瞬間、
そしてまた瞬間の連続ではないか？
人は夢のような休暇や人間関係、車、仕事が
いつかはやってくるかもしれないと、
ただじっと待っている。
はっきり言うが、その「いつか」は絶対に実現しない。
というのも、すべては常に今現在、
今、ここにしか存在していないからだ。

26 無償の愛と条件付きの愛の違い

ウエイン　この対話中にも私の思考には変化が起こっていますが、私にとっては自分の思考を修正するのは、まるで潜在意識をプログラムし直しているように思えるのですが。

エイブラハム　まず、あらかじめ言っておくが、ソースは誰も責めることはないので、許すこともない。

ウエイン　まず、ソースは誰も責めたりしないということですね。

エイブラハム　そうだ。だから、あなたがソースと同じ感覚で誰かをとらえられたら、あなたはソースと同調していることになる。あなたがたは、その状態を「許し」と呼んでいるかもしれないが、私たちはそれを「調和」と呼ぶ。

ソースと調和したほうが、誰かを嫌いになるより絶対に気分よくいられるはずだ。

ウエイン　そうですね。

エイブラハム　エスターも次のようによく言うよ。「ねえ、エイブラハム。ある人のことについてもう少し話しておかなくてはならないと思うの。あんな人たちに無償の愛を捧げるなんて、現実的とは思えないんだけど」でも、無償の愛というのは、あなたが施す愛なのだ。それが「本当のあなた」なのだから。

条件付きの愛なら、次のような意味になる。

「もし、あなたが態度を変えたら、あなたを好きになってあげられる」

けれども、これは自分にとっても相手にとってもおちいりやすい罠だ。なぜなら、こうなると、相手のどの態度が自分にとって好ましいかをあなたは判断し始める。そんなことをされて気分のよくなる人がいるわけがない。

すると、あなたがたは、どれが正しくて、どれが間違っているか、互いの意見が合わないことに頭にくるようになる。

そうしている間にも、ソースは誰をも愛し、気分のいい状態のままなのだ。

ソースは誰も責めることはないので、
許すこともない。
あなたがたは「許し」と呼んでいるが、
それを私たちは「調和」と呼ぶ。

27
恐怖と癒し

ウエイン　お聞きしたいと思っていたことがあります。

およそ3年前、私は白血病と診断され、当然それからさまざまなことを経験することになりました。

お聞きしたいのは、ブラジルのアバディアニアに住む今世紀最大と言われるヒーラーで、「ジョン・オブ・ゴッド」と呼ばれる男性がいるのですが、彼のような実在の人物が、他者の肉体に入り込むということがあるのでしょうか?

私はジョン・オブ・ゴッドのおかげで、驚くべき体験をしたのです。

エイブラハム　それは、彼の波動がイエス・キリストのように「祝福」に満ちているからだ。
そして治癒するかもしれないというあなたの期待で彼の波動が妨げられることがなく、その体験を受け入れたからだ。

ウエイン　私はジョン・オブ・ゴッドとの体験後、血液検査などのために病院に行かなくとも、自分の感覚にまかせ、自分で自分は元気だと感じています。そして、さまざまな変化が以後、今に至るまでにもありました。

この40年余りの間に４千万人もの人を癒してきた彼から私が癒しを受けてから最も変化したことは、物事がまったく違って見え始めたことでした。

マウイ島では私は子ども二人と一緒に住んでいるのですが、治療後に、私が歩いて自室から出てみると、そこで自分が目にした子どもたちが、以前とはまったく違って見えたのです。子どもたちはまったく純粋で……。

エイブラハム　それはあなたが、ソースの目を通して子どもたちを見たからだ。

ウエイン　純粋な愛。そう、まったくその通りで、私は思わず泣きだしてしまいました。娘に腕を回して、なんと君は美しいのだと伝えました。息子も、抱きしめていました。海に目を移すと、私にはまるで愛の海のように見え、ヤシの木を見ると……。

エイブラハム　あなたは、ソースとの調和に影響されたのだ。

ウェイン　そうです。それはとても強烈な経験でした。

それから数週間後、私の71歳の誕生日がやってきた朝、目を覚ましました。

当時、私はサンフランシスコで「許し」を主題にした父についての映画『我が偉大な師（仮題）』を撮影中でした。

目を覚ました私は、とにかく誰かに何かを与えたくなったのです。

それまでそんな気持ちで自分の誕生日を迎えたことはありませんでしたから、決して忘れられない日です。

私は階段を降りて、数千ドル分の50ドル札を手にすると、ユニオン・スクエアへと出向き、朝の7時から夕方5時までホームレスの人たちをただ抱きしめて回りました。ペットボトルを集める小柄な女性や、何日もお風呂に入っていない人などを抱きしめて回ったのです。

私には至福の気持ちがあふれていました。とにかく純粋な愛です。私には「与えること」しか頭に浮かばず、ただ何かを誰かに与え、誰かの役に立ちたいと思ったのです。

その時の自分の気持ちに衝撃を受けたので、自分のシャツの上に「愛（LOVE）」という文字を入れたシャツを今日も着ています。

また、私は聖なる「愛」についての著書を執筆中ですし、聖なる愛と呼ばれるものについて教えを授けてくれるエイブラハム、あなたとここで対話をしているのです。

あなたが今ここにいるというだけで、なんというスリルを感じていることでしょう。

もし、あなたは白血病です、などという診断を医師に告げられたら、その言葉には大きな恐怖が伴うのが普通です。死ぬこと自体はさほど怖くなくとも、ただ、「ガン」という言葉への恐怖が湧き上がるのです。白血病は、血液のガンと言われていますから。

そして、これと似たような恐怖が、今日の社会にもあふれています。

私にはアニータ・ムアジャーニという親友がいますが、彼女は自分の臨死体験を綴った『喜びから人生を生きる!』（奥野節子訳　ナチュラルスピリット）という本の著者でもあります。彼女は自分のガンの病状がどれほど深刻だったか、そしてそこからどうやって生還したのかを語ってくれました。

彼女は言います。

「すべては恐怖から生まれるのです。すべては恐怖の産物です」

私のジョン・オブ・ゴッドとの体験では、まるで誰かが肉体に入り込んで、恐怖をすべて取り去ってくれたように感じられました。

白血病に関わる恐怖をすべて取り去り、代わりに愛をもたらしてくれたのです。

エイブラハム　私たちの見解は、若干違う。

ジョン・オブ・ゴッドが恐怖を取り去ってくれたという部分は間違っているが、愛をもたらしてくれたことについては正しい。あなたは健全な波動に満たされて、回復をみたのだ。

今のあなたの話は面白いテーマだ。

というのも、ここにいる肉体に宿っている誰もが、いつかはこの世を去る時が来ることを知っている。それでも、死ぬことはほとんどの人間にとって、忌むべきことだととらえられている。

だから、死に対して最も障害のない道を今ここで敷こうとするのなら、それは意識をいったん自分の肉体から切り離すような感覚を持って、それから肉体に宿っている自分がこの体で何をどう感じるかをそれぞれが確かめて決めていくことだ。

つまり、あなたが望まないものがはっきりわかると、逆に自分が望むものがわかる手助けになる。

それに人は、自分がいると信じ込んでいる場所と、自分が実際にいる場所との間に大きなギャップがあるとわかると、とても居心地が悪いものだ。それが恐怖の正体だ。

そのギャップを埋めていくと、ほっとして素晴らしい気分になる。だから私たちは、癒しは私たちがいつも話題にする「調和」の中で起こると分析している。

さらに、私たちが言う「調和」と、あなたがたが言う「臨死体験」の間にも大きな隔たりがあると言っておきたい。

結局のところ、肉体に留まっている限り決心していかなくてはならないことがあるから、自分の意図はこうだと述べることになる。

もし、あなたがすべて満たされた人生で、楽しく意義ある体験を満喫しているのなら、自分が望むものと対極にあるものを体験しながら変化し続けることもなければ、新たな意図も生まれない。

ソースは、あなたが望むものがどんなことでも、変化するプロセスを常に手助けしている。すべてはあなたの選択次第なのだ。

けれども、人は病気というと、自分にはおおよそ選択肢がないと思い込む。だから、恐怖を感じる。

あなたが恐怖を感じるのは、自分の状況に対してソースが見ているのとは反対の方向を見つめているからだ。

恐怖とは、あなたがソースと異なる意見を持った時に感じるものでしかない。

そこで、ジョン・オブ・ゴッドがあなたに何をしてくれたのだろうか？

自分に強力なエネルギーの流れをもたらすのに、あなたを含め誰もがそのエネルギーの流れに直接アクセスできるのだから、他人を経由する必要などない。けれども、ジョン・オブ・ゴッドがあなたに意識を集中したことで起こったのは、あなたが自分で自分の望みに集中できたことだった。つまり、彼があなたの中の調和のとれていない波動を抑えてくれたおかげで、あなたが自分で調和の波動を受け入れる手助けになったのだ。

ウエイン　今の部分をもう一度繰り返していただけませんか？

それは素晴らしいことです！

エイブラハム　あなたがジョン・オブ・ゴッドに意識を集中できたから、いつでもどこにでもあるエネルギーを受け取る方法を自分で見つけ出せたのだ。

ジョン・オブ・ゴッドがエネルギーを受け取って、あなたに与えたのではない。あなたが癒しのエネルギーを受け入れるのに、他人は必要ないのだ。誰もがそのエネルギーを手に入れられる。ジョン・オブ・ゴッドはただ、あなたが自分でエネルギーを受け取れると思えるように手助けしてくれただけだ。

あなたが彼の噂や彼について知っていたことで、あなたの恐怖がぬぐい去られるぐらいの期待がふくらんだのだ。そして、あなたが彼に意識を集中させている間に恐怖がなくなり、癒しが起こったのだ。

ウエイン　彼の癒しには、大きな愛がありました。

エイブラハム　ソースとの調和と明晰さ。明晰さという表現が、調和している状態には最もふさわしい。明晰さ、知恵、疑いがない状態……だろう？

ウエイン　そうです。そして、「今ならはっきりとわかり」ます。あの時の経験は、私の人生にしっかりと刻まれました。

エイブラハム　あなたにしてみれば、その経験はとても大きな賭けだったように感じているようだが、実際にはさほど大きな賭けでもない。

つまり、あなたが望む自分、あなたが望む行動、あなたが望むもの、すべては手に入れられる。

ソースはいつでもあなたを後ろから支えてくれている。少し大きな賭けだなと思う時には、もっと意識して調和をとらなければならないと自分が思っているだけだ。

ウエイン あの時の私には、ただ誰かの役に立ちたい気持ちが生まれました。私からエゴがなくなったのです。

エイブラハム あなたは誰かの役に立たないではいられないのだ。

あなたの波動がソースと調和して、刺激を受け、スイッチが入ると、まるで周りに影響を与える衛星やディスクのような存在になり、ソースの出したサインに気づくチャンスを人々の近くにもたらすことができる。

あなたの波動が常に幸福のサインと調和していれば、あなたが放つ波動で周りの人もその波動を受け取りやすくなる。

前にも話したように、人は調和したり、調和から外れたりしながら、あちこちジグザグに進んでいるのだ。

あなた自身がソースと調和していなければ、周りの人が調和するチャンスも少なくなってしまう。けれども、あなたがいつも調和できていれば、ソースとつながったポジティブなエネルギーがあなたの周りに放たれているのだから、あなたの周りいる人もそれと出合うチャンスが増えることになる。

そして、最も面白いことに、自分がソースとの調和を果たしていないと、人の役には立てない。なぜなら、ソースのエネルギーと調和していない状態のあなたには、人に与えるものなどなくなってしまうからだ。

ウエイン　エイブラハム、私たちの社会にはたくさんの「ガン」や「病気」がはびこっているように思えます。特にアメリカには。

本当に恐怖にあふれている。死への恐怖という意味でなくとも。

エイブラハム　とりあえず、それを「思考の流れる勢い」と呼ぶことにしよう。

ウエイン　わかりました。

エイブラハム　恐怖に満ちた状況を「思考の流れる勢い」の増した状態だと思って、自分の周りで起こっていることを見回してごらんなさい。

すると、流れの勢いはいつまでも続きそうに思えるが、同時に自分が欲していないものがわかり、そうすると、解決法もその中にあることに気づくだろう。

たとえ社会が、解決策より問題ばかりが目立つ状態だったとしても、物事は解決に向かって進んでいるのだ。あなたのように、ソースとの調和を探し求める人は増えているのだから。

ウエイン　それでは、もし私たちが今抱えている恐怖から抜け出せたら……ガンになる確率は低くなると思われますか?

エイブラハム　もちろん。うまい表現だね。

あなたは、「恐怖から抜け出せたら」と言ったが、それは自分で止められるのだ。

ウエイン　そうですね。

エイブラハム　恐怖心が生まれるのは、調和がとれていない結果だ。

恐怖心は、自分が望まないことが起こっていることから生まれるのではない。望んでいると思い込んでいる考えがあり、それを改める必要に気づく手助けにもなる。

けれども、それに気づくには高い波動を進んで手に入れようとする気持ちが大事だ。ところが、多くの人はそんな大きな賭けならばと低い波動のディスクに甘んじてしまっている。

そう、あなたの今現在の生活のほとんどが望まないものでできあがっている理由は、あなたがひどい人だからではない。あなたがひどいことをしたからでもない。あなたにとって自然だと感じられる波動との調和から、長い間離れてしまっているからだ。

自分の感情に少しだけ気を配って、できるだけ心地いいことに時間を費やそうと決めれば、幸福との調和を取り戻せるのだ。

The Teachings of ABRAHAM®

たとえ社会が、
解決策より問題ばかりが目立つ状態だったとしても、
物事は解決に向かって進んでいるのだ。
あなたのように、
ソースとの調和を探し求める人は増えているのだから。

28

問題点より可能性を語れたとしたら

ウエイン　さて、社会にはたくさんの、大きな、大きな、大きな問題があって、私にたくさんの……

エイブラハム　（ふざけたように）その問題を活性化して、勢いをつけ、その波動を身に付ける訓練をしようとでもいうのか？

ウエイン　ええっと……。

エイブラハム　そうかい？　そうかい？　そうだろう？　そうだろう？　そのつもりなんだろう？

ウエイン　（おどけたように）スティーブ・ジョブズ、お手やわらかにお願いします。

私には、命のサイクルは、それが動物界であろうと、野菜の世界であろうと、人間界でも鉱物界でさえも、1世代の種が次の世代へ、また次の世代へと引き継がれて成り立っているように思えます。ある植物の命が、次の世代の植物を育《はぐく》むというように。

エイブラハム　（ふざけたように、ウエインの話に加わりたくない感じで）私たちはあなたを愛していますよ。はい、はい、本当に。

ウエイン　はい。人間もまた同じように次世代へと命を受け継ぐと思われています。けれども、この数世代で警告に値するような劇的な変化が起こっています。たとえば、自閉症と診断される子どもが増え、1万人に1人だった割合が、この30年間で100人に1人にまで増えました。

エイブラハム　それは、あなたと同じように、自分は何にも縛られず自由なのだと主張している。だから、自閉症の子どもたちは、こう言っているよ。「僕は人とは違っているんだ。『丸い杭《くい》』を、四角い穴に打ち込もうとなんかしないだろうから」とね。

ウエイン　そのとおりでしょう。糖尿病患者の数もすごい勢いで増えています。原因は、人々が大食になったからではないように私には思えます。というより、遺伝子組み換え食品が使われるようになったせいに思えるのです。

エイブラハム　そう、あなたがたは、見当違いな場所で愛を探し求めている。心地よくなれるような食べ物をとるのではなく、単に舌においしい食べ物をとっているのだ。自分がどうすれば調和できるかという観点で導かれようとはしていないのだ。

その代わりに、単純に空虚さを満たす方法ばかりを探し求めている。

意地悪になったり、うまくいかなくなったりした時に、自分が食欲に走ってしまっているのに気づいていないのか？

ウエイン　そうなんですが、実際に社会で起こっていることといえば、私たちが口にする食物は、次の世代を生み出す小麦やトウモロコシではなく、多国籍バイオ化学メーカーであるモンサント社によって遺伝子が組み換えられたもので、その大企業が特許も持っています。その企業の許可なしでは種さえまけないのです。

エイブラハム　私たちは、なにもあなたに同意していないわけではない。でも、もし、あなたのような人々が、こうなりたいという望みのロケットを発射できたら……。

ウエイン　私はそうしてきました。

エイブラハム　そしてもし、食糧の問題点を語るのではなく、結果、どうなってほしいのかを語ることができたら……。

ウエイン　それを今語っているのです。

エイブラハム　もし、あなたが幸福の波動を発する光になれたら？　もし、あなたのすぐそばにある、この世を創り出したソースパワーとともに、幸福にスポットライトを当てられたら？

もし、そんな波動だけを発することができたら、何が起こるだろう？

あの日、何かを終わりにしたいと思って父の墓前に参ったあなたに、ソースエネルギーが走り抜けるという、予想外の経験をしたのと同じように、ソースの波動が強ければ、人は思考を問題点より解決策に向けられることになりはしないか？

細い針金ほどのささいなことに思えるかもしれないが、それが唯一、人間にできることではないか？

あなたは、自分の望みを明確にするのではなく、自分が望まないことを語る時間が多すぎる。そうしている間に、あなたの波動も思考の勢いも、どんどん望まないものに向かってしまうのだ。

ウエイン　でも、私たちは自分が望まないものも意識しておかなければならないのではないでしょうか？

私は自分の家族には、遺伝子組み換え食品を食べてほしくないと思っているのです。

エイブラハム　もちろんだよ。でも、聞いてほしい。

この対話の中で、あなたが自分の望むことを話している時間と望まないものについて語っている時間、あるいは、ある問題に対して自分ができるかもしれないことを話している時間を比較してごらんなさい。

ウエイン　自分でも意識できていますし、この問題は大事なことなのです。

エイブラハム　では、なにも食糧が地球外の星で作られて運ばれてきているわけでもなければ、種だってすべて地球産だと考えてみたらどうだろう。

それに遺伝子組み換え食品にも利点となることがあると発見できたら素敵なことだ。

そして、食糧のある一部分を遺伝子組み換え食品に置き換えていく、あるいは置き換えられる可能性がないか考えてみたらどうだろうか？

自分が望まないものを追い出すのにあまりに必死になりすぎると、遺伝子組み換え食品の利点を感じられなくなってしまう。そうなると、これが最悪だ、これはあれよりちょっとはいいなどという、低い波動のロー・フライング・ディスクに留まったまま互いに争い、ソースとの調和がとれた者が誰もいなくなるということが起こる。

だから、すべてをいったん棚上げにして、ある状況から生み出される望みが利点となるよう、また幸福の波動が広がっていくのを妨げている問題に気を取られずに自分のヴォルテックスを作り上げることに専念すれば、人はあなたの孫のジェシーのような、ソースの持つ波動と自分の波動の調和を知るのだ。赤ちゃんを眺めている時のあなたは、自分が求めるものの利点と同調しているのだから。

人間の理解が間違えているのは、自分は何としても問題点を見つけ出さねばならないと思い込み、原因を探って地下深くまで潜っては、見つけた原因を口笛で合図して地上まで引き上げ、抹殺してしまわなければならないと信じていることだ。

私たちがあなたがたに知ってほしいのは、原因を探して潜る必要のある穴の底などないということだ。

そんなことをしている間にも、問題の持つ波動に勢いがつくだけだ。そうなると、あなたにその勢いに対する勝ち目はない。自分の望むものは、そんなやり方では手に入らないのだ。

その一方で、問題に心を奪われてしまったり、注意を払ったりもすることのない人には、もっといい案が浮かぶ。

普通の人間たちはたいてい、から騒ぎして息切れし、互いに争い始めるのが落ちだが、スティーブ・ジョブズやビル・ゲイツは、テクノロジーの世界に革命を起こす策を見つけ出した。誰にでもできることなのだ。

ただ、泥にまみれる代わりに、自分の望むことに焦点を定めることだ。

あなたが言ったように、目に見える形になる前に、まずは自分で信じる必要がある。

ウエイン 「目に見える形になる前に、まずは自分で信じる必要がある」とは、本の題名としていいですね。

エイブラハム 最も素晴らしい題名だよ。これまでのどんな本よりね。すべてが含まれている。あなたは、自分が望むものを信じ続ける方法を見出さなくてはならない。自分が欲しいことが自分で信じられないなら、それは実現しないからだ。

ウエイン 私はさまざまなテレビの特番で多くの人脈ができたので、これからアメリカやカナダをはじめとする地球上の人々に知らせていこうと思っています。

エイブラハム それは素晴らしいことだ。だが、1つだけ頼みがある。まずは、自分自身がハイ・フライング・ディスクに乗ってから、人々に自分が知っていることを語ってほしい。

ソースの波動を自分とともにもたらしてほしい。

「できないこと」ではなく、「できること」を語ってほしい。
現在の惨めな状態ではなく、これからの可能性を語ってほしい。
ハイ・フライング・ディスクに乗ったあなたを通してソースに言葉を語らせてほしい。
あなたはいつだってそうしてきたはずだ。こんな話題を語っている時以外はね。

ウエイン　それは、ちょっとひっかかりますね。
心にひっかかるものがあるということは、自分がどんな心の状態なのかわかっているつもりですが……今までそんなふうに考えたことはありませんでした。

エイブラハム　映画製作者は、いわゆる高い波動のハイ・フライング・ディスクの映画より、質が悪くて役に立たないような映画を観る人がどんどん増えてきているのを知っている。最終目的として観客動員数やランキングばかりを気にする彼らは、より大勢にアピールできるような映画を作る。
けれども、それは本当のあなたがたの姿ではない。あなたは、神にアピールするような映画を撮らなくてはならないのだ。（ふざけたように）私たちは、そんな質の悪い映画をすべて阻止しなくてはならないのだ。

ウエイン　ちょっと待ってください。あなたにはわからないのですか？
でも、「種」は全部、大企業が持っているんですよ。

エイブラハム　ということは、「引き寄せの法則」が成立しなくなったとでも言いたいのかな？　引き寄せの法則が成立しない場合もある、と私たちに知ってほしいのかね？
私たちがわかっているのは、勢いには増す性質があるということであり、怒りに満ちた世界に多くの人が焦点を定めれば定めるほど、そこに勢いがつくということだ。さらに、望まないものを知れば知るほど、自分が本当に望むものがわかってくることも知っている。そして、望まないものを経験する中でいつかは、どん底まで落ちるだろう。
けれども、なにもどん底に落ちるまで苦しむ必要はないと思っているだけなのだ。

ウエイン　あなたの言葉は、今の私たちが、本当にどう食糧を供給し、どう子どもたちに健全な食べ物を与えるかに焦点を定めなくてはならない状態に自分たちがいるかに気づく手助けになったと思います。

エイブラハム　最後に樹から熟した果物を直接もぎ取って食べたのは、いつのことだっただろう？　手に取った果物がおいしいかどうか、貼られたラベルを読む必要が昔にはあっただろうか？
　本当の自分と調和をした時、あらゆる感覚で、完璧なものがすべてわかったのではないか？

ウエイン　私はマウイ島に住んでいますが、果物にはもはや種がありません。パパイヤの遺伝子はすべて組み換えられてしまったのです。
　昔は、パパイヤを切ると、「この種を取っておいて庭に植え、パパイヤを育てよう」と思ったものでした。今やそれも許されないのです。
　種を植えるにもモンサント社に許可をもらわなくてはなりません。

エイブラハム　ああ、私たちはあなたに言いたことが山ほどある。

ウエイン　私は、切っても種のないスイカなど欲しくもありません。
　だって、そのスイカは遺伝子組み換えがなされているのです。

エイブラハム　すべての果物が遺伝子組み換えをされているのか？

ウエイン　マウイ島で売られているものの99％がそうです。

エイブラハム　では、遺伝子が組み換えられていないものを探して食べればいい。そして、「これが私にはいちばん心地いい。これこそ私が支持するものだ。私が広めたいのはこれだ」と言えばいい。

自分が欲しくないものを追い出そうとしている間、あなたは自分が欲しくない波動を発していることになる。すると、「引き寄せの法則」が働いて、あなたが発した波動に応じてモンサント社からそれがもたらされることになる。

ウエイン　それは、ちょっと公平ではない言い方のような気がします。

私にとっては、とても、とても、大事なことなのです。

エイブラハム　もし、あなたが自分が望まないものについて語り続けてきただけなのなら、あなたが望むものを強大なロケットのように周りに対して発してこられなかっただろう。もし、あなたが気にもないことを語り続けてきただけなのなら、世界を創った見えない世界のエネルギーからの支えも助けも得られなかっただろう。

つまり、今ここで繰り広げられている対話のおかげで、宇宙は今まで存在しなかった場所にまで広がっている。この対話をしたことで、宇宙は拡大するのだ。

問題になっていることを突いていても、解決策は見つからない。

問題を突いてばかりいるのをやめようではないか。そんなことをしていても解決策は見つからないのだよ。問題の持つ波動と、解決策の持つ波動は、異なるのだ。どれだけ自分を正当化したところで、あなたの非難の気持ちが解決策につながることはない。

わかるだろう?

かつて誰かと議論を交わした時に、自分が正しいと知っていたことがあっただろう?

けれども相手に自分が正しいと思うことを訴えれば訴えるほど、相手がますます頑《かたく》なになっていきはしないかね? そうやっても火に油を注ぐだけなのだよ。

The Teachings of ABRAHAM®

「できないこと」ではなく、
「できること」を語ってほしい。
現在の惨めな状態ではなく、
これからの可能性を語ってほしい。

29

大きなことよりも小さなこと

ウエイン　まるで現在の政治の世界で起こっていることと同じですね。

２つの政党に分かれてお互い自分のほうが正しいのだと主張してばかりです。妥協点さえ見つからないといった感じです。

エイブラハム　そうだね。政治家は考えるのをやめてしまったんだ。それに感情もなくなってしまっている。でも、すべてが失われてしまったわけでもない。選挙民には機能する政府を望む感情があるからね。

そして、その責任は選挙に票を投じるあなたがたにある。けれども、もしあなたが政治の世界で起こっていることを見ながら腹を立てているのなら、あなたがたも自分のパワーを失ってしまい、自分の望みもわからなくなってしまう。

数年前、私たちはある女性と電話で話をしていた。今はもうやっていないが、エスターがまだ、個人カウンセリングをしていた頃のことだ。

その女性は、私たちにイライラしていた。一向に先に進まない状況に私たちは次のように言った。

「ゲームをしよう。トピックを3つ選んでほしい。そして、それぞれのトピックに一緒に焦点を定めていってみよう」

彼女は「なぜですか?」と聞いてきた。私たちは言った。

「私たちは、邪魔をしているあなたの思考を止めたいのだ。邪魔をしているものがなくなれば、あなたが欲しているものが、あなたに流れ込むから」

「ええと、たとえばどんなトピックがいいですか?」と彼女。

「たとえば、青いグラス。一口で青いグラスといっても、どれだけさまざまな手触りのものがあるか、どんな青色があるか、じっくり考えたことがある?」

「いいえ、考えたことはありません。それにそんなことにはまったく興味がないんです」

「蝶について考えたことは? たくさんの蝶の種類、寿命、粘り強さ、その美しさについて考えたことは?」

「蝶にも関心はありません」

「羽について考えたことは? 羽ならどこにでもあるだろう。生き物が持つ羽にもさまざまなものがある」

とうとう彼女は、怒って電話を切ってしまった。

電話でのカウンセリングの後、カリフォルニア州ラホイアにいたジェリーとエスターは、ジョルジュのレストランに昼食をとりにいった。

ジェリーは、エスターのカウンセリングの話を聞いてもいなかったし、エスターも自分が話した内容をはっきりと覚えてはいなかった。

ラホイアのメインストリート沿いにあるバレンシアホテルの前を歩いて通り過ぎようとして、エスターはどうしてもある店に入りたい気持ちになり、ジェリーを連れてその店に入った。ジェリーはその店にあまり入りたくはなかったが、どうしてもエスターは入らなければと感じていた。

ジェリーはエスターの後を店の奥までついていったが、壁の向こう側に二人が今まで見たことがないような素敵な青いグラスが飾られていた。二人とも青いグラスが欲しかったわけでも買おうと思っていたわけでもなかったが、どちらにしろ、二人は青いグラスと出合ったのだ。

結局、彼らは何も買わずに店を出て、ジョルジュのレストランで昼食をとり、ラホイア海岸まで歩いていった。

そこは地平線の見える、最も美しい、二人のお気に入りの場所だ。

崖の上へと続く芝生を渡っていると、話をしようと開けた口の中に入ってきそうなほどたくさんの蝶の大群が、突風のように彼らの周りに押し寄せた。

ウエイン　本当ですか?

エイブラハム　エスターは、この時点ではまだ自分たちに起こっていることと、電話でのカウンセリングとの関連に気がついていなかった。すると、3、4歳のアジア系の男の子がエスターを見るなり、草の上を横切って手に何か持って走り寄ってきたのだ。

まっすぐエスターに向かって走ってきたその子は、エスターに羽根を手渡した。その瞬間、電話カウンセリングの記憶がエスターによみがえってきた。

カウンセリングが終わって2時間もしないうちに、カウンセリング中に自然に浮かんできた3つのトピックが、最も自然な道筋ですべてはっきり宇宙から示されたと気がついた。だから、ある原因とか、使命とか、人生の目的など、わざわざ大変なことをかき集めたような難しいものではない、シンプルなトピックを選んで、それについて考えることを勧めるよ。

朝起きたら、何か簡単なことを選んで、少しだけ心に留めて、あなたが選んだこととどんなにうまく出合えるように宇宙が手助けしてくれているかを観察してみよう。

そして、そうすることを続けていれば、やがて自分の手が届かないものなどないことに気がつくだろう。

というのも、ソースと調和した本当の自分の望むことに、何の抵抗もなく自然に焦点を定められれば、すべては可能なのだ。

そして、すべてのことがいろいろな形で起こるだろう。それが起こるのを目にした人はきっと驚くに違いない。そういう人は次のように考えるようになるだろう。

たとえ「この政治家たちはいったい何をやっているのだろう？」と疑問に思うことがあったとしても、「政治家はお互い実際に話をしているんだ。いつもは会話を交わすことさえないのに。彼らの言っていることは、だんだん道理が通ってきている。互いに協力し始めているんだ」という具合に。

政治に対して素晴らしい見方ができるさまざまな階級や目的を持つ人々が、ともに会して、理論立てて互いの発言に耳を傾け、みずからのソースエネルギーとの調和をとって、誰が出したアイディアだとか、それで誰が信用を得るだろうかなど気にすることなく、ただアイディアをどう完璧にしていくかだけに力を注げたら、どんなに素晴らしいだろうか。

これが、あなたがたが創れる世界であり、それも、たった一握りの人がそのことに思考の焦点を定めるだけでいいんだよ。

けれども、政治家のどこが間違っているなどと声高に訴え続ける限り、間違えている政治家たちに勢いを加える結果になり、あなたは自分で自分の目的を実現させなくしてしまうのだ。

さらには、自身の道筋からも外れているから、そのうち自分が心地よくなくなる。そして、心地よくなくなったことを他人のせいにして、その人を責めるのだ。

あなたがたは強大な創造主なのだよ。

あなたがたは、現実を創り出している要素の1つなどではない。あなたがたが現実を創り出しているのだ。

ウエイン　では、これ以上にないほどひどい、邪悪に見えることも……。

エイブラハム　物事がひどい状態になればなるほど、あなたの望みも大きくなり、ソースのエネルギーもそれに加わる。

ただ、あなたが仕組みを理解したからといって、すぐに望んだような状態になるわけではない。

自分の望みにどれだけ価値があるのかという感覚がいつでもわかるようになるまで、まずは身近なことに対して自分がどう感じているかに気をつけて訓練したほうがいい。

それができるようになったら、もっとスケールの大きなトピックを進んで取り上げ、大規模な解決策に焦点を定めていくのだ。

ウエイン　では、怒りはモチベーションにならないということでしょうか?

エイブラハム　モチベーションとインスピレーションは、まったくの別物だ。

モチベーションは心地よくないが、インスピレーションは常に心地よく感じるものだ。

ただ、モチベーションを持つのも第一歩だから否定はしないが、そこにいつまでもとどまらないことだ。いつまでもとどまっていると、飽き飽きしてきて、不満ばかりで冷笑的になってしまい、そうすると自分がただの「政治家」になってしまう。

自分の望みにどれだけ価値があるのかという感覚が
いつでもわかるようになるまで、
まずは身近なことに対して
自分がどう感じているかに気をつけて
訓練したほうがいい。

対話を終えて

エイブラハム　私たちは、言葉で表せないほどこの対話を楽しんだよ。

ウエイン　私もです。

エイブラハム　思考を広げるのは楽しい。あなたに愛を贈る。
そして会場にいる皆さんにも。

ウエイン　ありがとうございます。

エイブラハム　これで終わりにする。

エスター　ヘイハウス社の皆さま、ありがとうございました。

みなさんもありがとうございました。

素晴らしい一日になりました。

ウエイン ありがとうございました。わくわくしました。エイブラハムが誰なのかは私にはわかりませんが、とにかくわくわくしました。みなさんありがとう。おやすみなさい。来てくださってありがとうございます。

思考を広げるのは楽しい。

あなたに愛を贈る。

［著者］
エスター・ヒックス（Esther Hicks）
1986年から、夫のジェリー・ヒックスとともにエイブラハムと名乗る存在から受け取った言葉を人々に届けている。2011年11月にジェリーは見えない世界に旅立ったが、現在もエスターはこの世の友人たちと、見えない世界のエイブラハムとジェリーの助けを借りて、エイブラハムのワークショップを開催し続けている。
ジェリー・ヒックスとの共著に、「引き寄せの法則」シリーズ（SBクリエイティブ）がある。www.abraham-hicks.com

ウエイン・W・ダイアー（Dr. Wayne W. Dyer）
1940年生まれ。心理学博士。ニューヨークのセント・ジョーンズ大学准教授を経て執筆・講演活動に入る。マズローの自己実現の心理学をさらに発展させた個人の生き方重視の意識革命を提唱し、全米を代表するスピリチュアル・リーダーとして世界的に評価され、テレビ・ラジオ番組への出演や講演を行う。2015年8月に逝去。
著書には、『思い通りに生きる人の引き寄せの法則』『ザ・シフト』『ダイアー博士の願いが実現する瞑想CDブック』、娘セリーナとの共著『「自分のための人生」に目覚めて生きるDVDブック』（いずれもダイヤモンド社）など多数があり、世界各国でベストセラーとなっている。

［訳者］
島津公美（しまづ・くみ）
大学卒業後、公立高校英語教師として17年勤務。イギリス留学を経て退職後、テンプル大学大学院教育学指導法修士課程修了。訳書に、『思考のパワー』『第六感に目覚める7つの瞑想CDブック』『アフターライフ』（いずれもダイヤモンド社）などがある。

エイブラハムに聞いた人生と幸福の真理
――「引き寄せ」の本質に触れた29の対話

2017年2月9日　第1刷発行
2024年8月30日　第4刷発行

著　者――エスター・ヒックス、ウエイン・W・ダイアー
訳　者――島津公美
発行所――ダイヤモンド社
〒150-8409　東京都渋谷区神宮前6-12-17
https://www.diamond.co.jp/
電話／03･5778･7233（編集）　03･5778･7240（販売）
装幀――――浦郷和美
DTP製作――伏田光宏（F's factory）
製作進行――ダイヤモンド・グラフィック社
印刷――――勇進印刷（本文）・加藤文明社（カバー）
製本――――ブックアート
編集担当――酒巻良江

ISBN 978-4-478-06242-5